AF375533

Der Autor veröffentlichte bisher „Tango Tenebrista. Ein Schmöker zum dramatischen Helldunkel von Tango Argentino, Sex & Crime"; den Roman „Tango up & down"; „Tödliches Tangotreiben. Die wahre Geschichte der ‚Freiburger Vampirmorde'"; „Neapel leben und sterben. Prosa und Posse"; „Böse Blicke. Kriminalkurzroman und zwei Nachkriegsgeschichten"; „Janes Affenkind. Eine tierische Geschichte"; „Dustergrund. Ein Schwarzwaldkrimi"; „Verdammter Tango. Roman zur argentinischen Militärdiktatur" sowie „Casandras Familienbande. Krimi-Erzählungen".

Timm Maximilian Hirscher

Milonga Sentimental

Geschichte einer Liebelei

Grafik und Satz: Simone Rosenow · art & grafikdesign
Titelbild: Foto von Hermann Steigert, bearbeitet
von Simone Rosenow

Herstellung und Verlag:
BoD – Books on Demand, Norderstedt
Print in Germany
ISBN: 9783757891763

1.

Als Felix Hansen in den Backshop trat, wollte er die junge Verkäuferin Marina dazu überreden, sich von ihm endlich in den Tango Argentino einführen zu lassen. Natürlich ganz seriös wollte er die aus Sizilien stammende Frau beim Tango zur Brust nehmen. Da stand Marina und reichte gerade einer Kundin einen Laib Brot.

„Guten Morgen, Marina", sagte er laut und übersah in seinem Eifer eine weitere Kundin,

„Guten Morgen. Wer ist der Nächste?", fragte die Verkäuferin.

„Ich", hieß es gleich zwei Mal.

Felix sah zu der Kundin hinüber und sagte:

„Ich."

„Ich", gab diese zurück.

„Ein Vorschlag zur Güte", fuhr Marina dazwischen, „Ladies first."

„Sag ich doch. Ich war zuerst da", erklärte die Frau.

Felix stellte sich kerzengerade und betonte:

„Erstens nein, und zweitens nein. So weit kommt es noch: Emanzipation und zugleich ,Ladies first'. Was denn nun?"

Die Kundin sah ihn geringschätzig an und meinte:

„Darum geht es hier gar nicht, Die Lady war einfach zuerst da. Und..."

„Eben nicht, sondern ich....“

„Warum knobeln Sie das nicht aus?“, schlug ein alter Herr vor, der inzwischen eingetreten war. „Derweil, Signorina Marina, geben Sie mir doch bitte vier Brötchen.“

Damit war die Kundin nicht einverstanden:

„Entschuldigen Sie, mein Herr, aber der junge Mann war wirklich vor Ihnen dran und...“

„Entschuldigen Sie, mein Herr“, sagte Felix gleichzeitig, „aber da ist die junge Frau wirklich zuerst dran.“

„Lassen Sie bitte den Schmarrn mit junger Frau!“

„Ah, aber junger Mann ist okay? Hätte ich gnädige Frau sagen sollen? Oder gar...“

„...meine ältere Dame? Wenn ich Ihr Kindergesicht sehe, könnte ich wirklich Ihre Mutter sein.“

„Meine Mutter hatte keine sieben Sommersprossen im Gesicht.“

„Sieben?“

„Und sie stehen wirklich fast wie der Große Bär am Himmel auf Ihrem Gesicht.“

„Charmant, charmant. Während Sie, mein Herr, weiter Astronomie treiben, können Sie, Marina, mir endlich wie immer zwei Croissants geben.“

Die Verkäuferin lachte, nachdem sie dem alten Herrn während des Disputs bereits die vier Brötchen gereicht hatte.

„Da sind Ihre Croissants, Dottoressa, und hier Ihre

üblichen Butterbrezeln, Dottore. Vielleicht richten Sie zwei es künftig besser ein. Seien Sie wie bisher nicht gleichzeitig hier!"

„Aber ich bin zuerst gekommen", sagten Felix und die Frau gleichzeitig

„Santa Lucia! Nicht noch einmal das Ganze von vorn!"

Die Frau legte das Geld für die Croissants auf den Tresen, nahm die Tüte und sagte im Gehen zu Felix:

„Das nächste Mal nehmen Sie sich besser einen Rechtsanwalt! Ciao, Marina."

„Ciao, Dottoressa."

„Da ist sie endlich weg, die Nervensäge. Marina, war ich heute zu früh oder zu spät dran?"

„Sie sind wie gewöhnlich gekommen, Dottore. Die Frau Doktor war später dran als sonst."

„Frau Doktor?"

„Eine Rechtsanwältin, Dr. Soundso."

„Aha, deshalb der unverschämte Rat, ich solle mir einen Rechtsanwalt nehmen."

„Sie hat vor kurzem die Büroräume von Rechtsanwalt Berger übernommen."

„Dann arbeitet sie im selben Gebäude wie ich."

Marina reichte ihm die Brezeln und den üblichen Cappuccino und meinte:

„Ich denke, Sie beide passen perfekt zusammen."

„Wie bitte?“
„Na, vom ersten Moment an zanken Sie zwei sich. Das ist die beste Grundlage für ein gemeinsames Leben.“
„Unsere italienische Tiefenpsychologin“, stöhnte Felix und sang:
„Marina, Marina, Marina!“

Er hatte sich inzwischen an einen der Stehtische gestellt, nippte am Cappuccino und biss in eine Butterbrezel. Durchs Schaufenster sah er, wie die Frau Doktor die Straße überquerte und ins Bürogebäude trat. Felix schüttelte sich und wandte sich wieder Marina zu.
„Haben Sie es sich inzwischen mit dem Tango Argentino überlegt?“
„Ich würde es schon gern einmal probieren. Die Musik gefällt mir. Aber mein Verlobter Mario würde das nie erlauben. Ich in den Armen eines anderen!“
„Aber Marina, wir sind hier in Deutschland, nicht in Palermo!“
„Das sagen Sie! Ich wusste übrigens gar nicht, dass Sie wieder tanzen. Ich dachte...“
„Doch, doch. Ich arbeite ja auch wieder. Manchmal holt mich zwar die Krankheit ein, aber das geht auch wieder vorüber. Überlegen Sie es sich doch mit dem Tango noch einmal! Oder bringen Sie Ihren

Verlobten einfach mit. Vielleicht findet er ja auch Freude am Tango Argentino.

„Oh, daran zweifle ich nicht, dass er Freude daran finden würde, andere Frauen an die Brust zu nehmen."

Felix lachte schallend auf.

„Ah, das ist also der Haken an der Sache! Ciao, Marina, bis morgen."

„Ciao, Dottore."

Er überquerte die Straße, wie es zuvor die Rechtsanwältin schon getan hatte, und betrat das Hochhaus, in dessen obersten Stockwerk die Nachrichtenagentur untergebracht war, für die er arbeitete. Am Eingang des Gebäudes blickte er auf die dort angebrachten Schilder und entdeckte, was er suchte: Rechtsanwältin Dr. Peggy Freier.

Okay, dachte er, die haust also im dritten Stock, und ging zum Aufzug, der von oben zurückkam und dessen Tür sich öffnete. Felix glaubte das Parfüm wieder wahrzunehmen, das ihm im Backshop aufgefallen war. Er stieg ein und fuhr nach oben. Als er am dritten Stock vorbeikam, dachte er: Achtung vor dieser Akademikerin. Adrett, intelligent, schlagfertig, kratzbürstig. Mach um die einen Bogen!

2.

Peggy Freier war aus dem Aufzug getreten und hatte die Tür zu ihrer Kanzlei geöffnet. Missbilligend schaute sie zu ihrer Sekretärin Wanda. Diese gab gerade einem Kanarienvogel im Käfig Futter und zwitscherte:

„Na, Spatz. Ist bei dir alles in Ordnung?....Oh, Frau Dr. Freier, guten Morgen. Der Kaffee steht schon bereit."

„Guten Morgen, Wanda. Und lassen Sie den ,Doktor' bitte einfach weg! Wie oft soll ich Ihnen das noch sagen?"

Sie schlüpfte aus ihrem Mantel, hängte ihn an die Garderobe und stellte sich zu Wanda vor den Käfig.

„Gibt es wirklich keinen anderen Ort für diesen Vogel da?"

Die Sekretärin zuckte entschuldigend mit den Schultern und erklärte erneut, dass ihr Nachbar mit lebensgefährlichen Verletzungen im Krankenhaus liege. Bei ihr zu Hause könne sie den Kanarienvogel wegen ihrer Katzen nicht allein lassen. Aber die Chefin müsse doch zugeben, dass Spatz einfach süß sei.

„Pah", sagte Peggy Freier, „und dann noch dieser bescheuerte Name ,Spatz' für einen Kanarienvogel."

„Frau Freier, ich verspreche es hoch und heilig: Sobald mein Nachbar wieder zu Hause ist, ist der Vogel bei ihm. Sind Sie, wenn ich fragen darf, nur wegen des Vogels so gereizt?"

Ihre Chefin gestand:

„Ein Kerl nervte im Backshop."

„Männer sind meistens nervtötend. Glauben Sie einer erfahrenen älteren Frau."

„Wanda, nicht wieder das Thema Mann!"

„Apropos Mann: Ihr Ex-Ehemann hat schon drei Mal versucht, Sie zu erreichen."

„Der hat mir gerade noch gefehlt. Was wollte er denn?"

„Wollte er nicht sagen. Klang aber sehr dringend. Hat er nicht Ihre Handynummer, Frau Dok... Frau Freier?"

„Die ließ ich nach der Scheidung umgehend ändern."

In diesem Moment klingelte das Telefon auf Wandas Schreibtisch. Peggy stöhnte, dass das hoffentlich nicht ihr Ex-Mann sei, doch Wanda schüttelte den Kopf und sagte:

„Anwaltskanzlei Dr. Freier. Guten Morgen, Frau Schmidt. Ja, Frau Dr. Freier ist gerade angekommen. Einen Augenblick bitte. Ich stelle durch."

Peggy eilte in ihr Zimmer, während Wanda dem Kanarienvogel nochmals etwas Futter gab. Wenig später trat ihre Chefin in den Eingangsraum und griff zu ihrem Mantel.

„Wanda, ich muss ins Gericht. Bis später."

Kaum hatte sie die Eingangstür hinter sich geschlossen, als das Telefon erneut klingelte. Wanda nahm ab.

„Anwaltskanzlei Dr. Freier. Guten Morg...Herr Freier, Sie wieder?! In diesem Moment ist Frau Dr. Freier aus dem Büro gegangen. Ein dringender Termin. Wie? Ja, ich werde es ausrichten. Probieren Sie es am Nachmittag oder morgen wieder. Auf Wiederhören, Herr Freier", sagte sie und legte mit einer Grimasse auf.

3.

Felix war an diesem Abend wieder in der Tanzhalle. Nachdem er sich im Umkleideraum die Tanzschuhe angezogen und im Spiegel kurz sein Äußeres überprüft hatte, ging er zur Bar, wo er vorhin drei Frauen gesehen hatte. Er begrüßte die ersten zwei mit Wangenküsschen und „hallo Petra" sowie „ciao Maria". Der dritten, ihm unbekannten Tänzerin, reichte er die Hand und stellte sich vor.

„Hallo, Felix", sagte die Neue, „ich heiße Grit."

„Na endlich ist unser Tanguero da", meinte Maria. „Wie so oft ein Frauenüberschuss heute Abend."

„Aber die ersten drei Tangos gehören mir", sagte

Petra. „Mein altes Anrecht.“
Die beiden begaben sich auf die Tanzfläche.
„Was heißt das, Maria, mein altes Anrecht?“, fragte
Grit. „Haben die beiden etwas miteinander?“
„Sie hatten mal etwas miteinander.“

„Schön, wieder einmal mit dir zu tanzen. Du lässt
dich einfach wunderbar führen“, sagte Felix zu seiner
Tanzpartnerin, als der erste Tango vorbei war,
„Bei einem Verführer wie dir“, meinte Petra. „Aber
quatsch nicht, sondern tanz!“
Nach ein paar Takten des zweiten Tangos bewegte
sich Felix unbeholfen und hielt inne.
„Tut mir leid, Petra. So ein Mist...mein Morbus. Ent-
schuldige, aber ich muss mal aussetzen und in den
Umkleideraum.“
Er schwankte von der Tanzfläche. Petra begleitete ihn
bei seinen ersten Schritten und fragte:
„Kann ich dir helfen?“
„Nein, nein. Ich brauche eine Pause. Du weißt schon.
Wir holen die Tanda später nach. Versprochen.“

Als Petra zurück zur Bar kam, ging gerade ein Tänzer
mit Maria zur Tanzfläche.
„Schon zu Ende mit dem Tanzen?“, fragte Grit. „Hast
du ihn etwa stehen lassen? Ihr habt doch erzählt, was
für ein einfühlsamer Tänzer er ist.“

„Der arme Felix.“

„Petra, sprich nicht in Rätseln. Was ist passiert? Was ist los mit ihm?“

„Ach, du weißt das ja nicht. Er hat doch diesen Morbus....Morbus....Morbus Mabuse oder so.“

„Soll das ein Witz sein?“

„Nein, nein, Grit. Er hat wirklich Morbus...Morbus... Menière. Ja so heißt die Krankheit. Morbus Menière nach einem französischen Arzt.“

„Das klingt ja unheimlich. Und was heißt das?“

„Also, der arme Felix hatte vor ein paar Monaten einen Hörsturz. Vermutlich Stress mit seinem neuen Chefredakteur. Offenbar ein arrogantes Arschloch. Folge des Hörsturzes: Tinnitus in einem Ohr. Auf dem hört Felix seitdem schlechter. Glücklicherweise nichts Gravierendes. Aber immer wieder mal einen Drehschwindel, der ihn außer Gefecht setzt. Eben Morbus Menière.“

„Und das ist gerade passiert, das mit dem Drehschwindel?“

„Ja. Und dann muss er...“, Petra beugte sich zu Grit und flüsterte ihr was ins Ohr, „und dann ist er gewöhnlich nach etwa einer Stunde wieder auf den Beinen und kann weiter tanzen.“

„Armer Kerl. Maria sagte mir, ihr seid zusammen gewesen.“

„Sagen wir: Felix und ich hatten eine Zeitlang nach

dem Tango weiter getanzt - zu Hause."

„Und das nicht mehr?"

„Ach weißt du, Grit, es gibt so viele Männer!"

„Aber nicht beim Tango. Da gibt es meist so viele Frauen."

Felix lag mit geschlossenen Augen im Garderobenraum auf dem Boden. Eine Frau kam herein und stolperte fast über ihn.

„Oh, sorry", stammelte sie.

Er schlug die Augen auf und entschuldigte sich für sein Imwegeliegen.

„Ich will mir nur die Tanzschuhe anziehen."

„Lass dich nicht stören. Ich mache gerade...autogenes Training."

„Und das hilft zum Tanzen?"

„Und wie. Du bist zum ersten Mal hier? Wenn ich soweit bin, können wir ja mal mit einander tanzen. Ich bin der Felix."

„Rebekka. Gerne. Vielleicht sollte ich das auch mal probieren?"

„Was? Das Tanzen?"

Rebekka lachte und sagte im Gehen:

„Autogenes Training. Vielleicht gut für meine Beinarbeit."

Sie gab die Tür praktisch Petra in die Hand.

„Mein armer Felix, wie geht's?"

„Danke. Noch geht's nicht. Aber es wird langsam. Bin noch etwas wacklig im Kopf. Denke aber, dass ich bald wieder auf der Tanzfläche bin. Dann natürlich erst mal mit dir."

4.

Am folgenden Tag trat Peggy aus der Kanzlei, ging zum Aufzug, drückte auf den Knopf. Erst nach geraumer Zeit kam der Aufzug herunter, die Tür öffnete sich, und drin stand Felix.

„Sie schon wieder!"

Beide hatten es gleichzeitig herausgestoßen.

„Sie verfolgen mich", meinte Felix.

„Das hätten Sie wohl gern. Sie waren zuerst im Aufzug, aber das kann natürlich eine besonders raffinierte Art der Verfolgung sein."

„Frau Dr. Freier..."

„Sie kennen meinen Namen?"

„Habe ihn auf dem Schild unten gelesen. Die einzige Rechtsanwältin hier im Haus. Frau Dr. Freier, Sie leiden wohl an Verfolgungswahn."

„Herr Unbekannt, ich verfolge nur Prozessgegner. Passen Sie nur auf, Herr...Herr..."

„Hansen. Felix Hansen."

„Wie wäre es, Herr Hansen, wenn Sie den

Aufzug in Bewegung setzen würden? Ich habe einen Gerichtstermin.“

„Mach ich, mach ich.“

Der Aufzug fuhr an, doch stoppte er kurz darauf zwischen dem zweiten und ersten Stock.

„Himmel! Jetzt noch dieser windige Aufzugstrick. Treten Sie mal zur Seite und lassen mich ran!“

„Wie, Frau Rechtsanwältin? Sie glauben, ich hätte.... ich schwöre Ihnen...“

„Herr Hansen, Sie wissen hoffentlich, was ein Meineid ist?“

„Der Angeklagte ist unschuldig!“

Er sah zu, wie Peggy Freier auf die verschiedenen Aufzugsknöpfe drückte. Nichts tat sich.

„Also, wenn Sie nichts manipuliert haben, haben wir das sicherlich Ihrem negativen Karma zu verdanken. Und wie geht es jetzt weiter, Herr Hansen?“

„War das eine Frage an den Mann als Techniker, Frau Dr. Freier?“

„Sind Sie einer?“

„Techniker oder Mann?“

„Mich interessieren nur Ihre technischen Fähigkeiten!“

„Praktisch Null“, meinte Felix und schüttelte bedauernd den Kopf. „Ihre große Chance, das Vorurteil zu widerlegen, dass Frauen nichts von Technik verstehen.“

„Herr Hansen, lenken Sie nicht vom Thema ab! Ich sagte es schon: Ich habe einen Termin. Wie geht's nun weiter?"

Felix drückte wie zuvor Peggy vergeblich alle Knöpfe. Dann versuchte er per Handy die im Aufzug angegebene Telefonnummer des zuständigen Technikers. Aber er erreichte niemanden.

„Wir könnten beten", meinte er schließlich.

„Mein Gott! Erst nerven Sie in der Backstube, jetzt im Aufzug."

„Das stand sicher so in Ihrem Wochenhoroskop."

„Da stand: Hüten Sie sich vor Männern!"

„Sehr weise."

„Da gibt es noch den Notrufknopf."

„Schon mehrmals gedrückt. Vielleicht sollten wir in der Not rufen", murmelte Felix und sagte mit lauter Stimme:

„Hilfe, Hilfe!"

„Herr Hansen, das muss durch das ganze Gebäude geschallt haben."

„Frau Dr. Freier, das war ein Gebet."

„Himmel", seufzte sie und verdrehte die Augen.

„Wer weiß", murmelte Felix und lehnte sich mit dem Rücken gegen die Wand mit den Knöpfen. Der Aufzug fuhr weiter.

„Sehen Sie!", jubelte er.

„Gratuliere. Doch ein Techniker – oder ein

begnadeter Beter. Aber bitte: Fahren Sie nie mehr mit mir Fahrstuhl!“

Der Fahrstuhl kam unten an, die Tür öffnete sich und Peggy rauschte davon. Felix ging langsam zum Ausgang, blieb vor den Namensschildern stehen und sagte halblaut:
„Rechtsanwältin Dr. Peggy Freier. Felix, halt Abstand von der. Die tötet dir nur den Nerv. Aber eigenlich macht es ja Spaß, sich mit ihr zu streiten.“

Er überquerte die Straße und trat in den Backshop.
„Ciao, Marina, bitte zwei Schinkenhörnchen. Hab wieder mal keine richtige Mittagspause.“
„Ciao, Dottore. Nicht mal Zeit zu einem Espresso?“
„Nein, danke. Haben schon mehr Kaffee getrunken als gesund ist. Im Übrigen, wie ich schon wiederholt gesagt habe: Ich bin kein Dottore.“
„Aber Sie haben doch studiert, oder? Und wer studiert hat, ist in Italien ein Dottore.“
„Marina, wir sind hier in Deutschland.“
„Ah ja? Warum sagen Sie dann immer ‚ciao‘?“
„Darüber sprechen wir, wenn Sie mit mir Tango tanzen.“
„Aber mein Verlobter!“
„Vielleicht sollte ich mal mit ihm sprechen.“
„Wie? Mit dem wollen Sie auch tanzen?“

„Wenn er so hübsch ist wie Sie, warum nicht. Aber nein, ich dachte eher daran, ihm eine nette Tangotänzerin zu besorgen.“

Marina warf beide Arme in die Höhe und rief:

„Dottore, raus aus meinem Laden!“

Sie lief mit gezückter Kuchengabel nach vorn.

„Aber, Marina, das war doch nur ein Scherz. Ich geh ja schon, ich geh ja schon. Ciao, ciao!“

Lachend kehrte Felix zurück in das Hochhaus, ging zum Aufzug, drückte auf den Knopf. Die Tür öffnete sich. Er wollte eintreten, aber da kam Wanda, die den Briefkasten der Kanzlei geleert hatte. Felix trat zur Seite und ließ der ihm unbekannten Frau den Vortritt. Wanda nickte ihm dankend zu. Während der Auffahrt starrte Felix etwas ungeniert in den Ausschnitt mit dem üppigen Busen Wandas. Sie bemerkte das und meinte beim Aussteigen im dritten Stock:

„Hatte Sie Ihre Mutter nicht gestillt?“

Leicht verdattert trat Felix im obersten Stock in das Großraumbüro der Nachrichtenagentur. Als er an der offenen Tür des seperaten Zimmers des Chefredakteurs vorbeiging, saß dieser hinter seinem Schreibtisch, schaute auf und rief:

„Hansen, wo haben Sie wieder gesteckt?“

„Hab mir was vom Bäcker geholt.“

„Und Ihre angekündigte Story?“

„Wenn ich schon wieder keine Mittagspause haben kann, will ich zumindest nicht verhungern.“

„Was, Mittagspause? Die Kunden warten auf die Story. Und sie kaufen Brezeln.“

„Schinkenhörnchen, Chef, Schinkenhörnchen.“

„Hansen, hier habe ich das letzte Wort. Gehen Sie endlich an die Arbeit!“

„Lassen Sie mich einfach in Ruhe arbeiten! Seit zehn Jahren arbeite ich jetzt hier...“

„Ich erst seit einem Jahr, aber das genügt vollkommen, ihre Arbeit einzuschätzen.“

„Und also?“

„Essen Sie ihre Brezeln!“

„Schinkenhörnchen.“

Während er an seinen Arbeitsplatz ging, rief ihm sein Chef sein „Hier habe ich das letzte Wort“ hinterher.

5.

Peggy stand mit einer Tasse Kaffee in der Hand in der Tür ihres Zimmers zum Vorzimmer und plauderte mit Wanda. Gerade hatte sie von dem jungen Mann aus dem Backshop und dem Zusammentreffen im Fahrstuhl erzählt.

„Und der Kerl verfolgt Sie, Frau Freier?“

„Dabei ist er gut zehn Jahre jünger als ich.“

„Also, wenn es unbedingt ein Mann sein soll: lieber einen frischen als einen alten.“

„Wanda! Sie müssen es ja wissen, wo Sie gar nichts mit Männern anfangen können. Im Übrigen: Er ist geschätzte drei Zentimeter kleiner als ich.“

„Entschuldigen Sie, Frau Freier, aber Sie sind doch nicht der Typ, der zu einem Mann aufschauen muss!“

Peggy stutze und entgegnete:

„Touche!“

„Wie bitte?“

„Wanda, Sie haben einen Treffer gelandet“, sagte Peggy und wollte das französische Wort näher erklären, doch da klingelte das Telefon.

„Anwaltskanzlei Dr. Freier. Müller am Apparat. Ah, Herr Freier.“

Sie blickte fragend ihre Chefin an, die gottergeben nickte.

„Ja, Herr Freier, Frau Dr. Freier ist da. Einen Augenblick, ich stelle durch.“

Peggy ging zu ihrem Schreibtisch, hob den Hörer des Telefons ab und meldete sich.

„Hallo, Peggy.“

„Du bist unerwünscht, Winfried. Lass mich einfach in Ruhe!“

„Peggy, nach diesem Anruf werde ich noch unerwünschter sein. Bist du allein?“

„Ich habe keine Geheimnisse vor Wanda, am wenigsten, was meinen Ex-Ehemann betrifft. Mach es kurz! Unsere Ehe dauerte zu lang.“

„Peggy, mach bitte die Tür zu, falls die offen steht!“

„Winfried, die Zeit deiner versuchten Vorschriften ist eindeutig vorbei.“

„Ich bitte dich, Peggy“, sagte er schluchzend, „bitte, bitte!“

„Gut, gut“, antwortete sie, neugierig geworden.

„Die Tür ist zu. Komm zur Sache! Ich habe keine überflüssige Zeit mehr für dich.“

„Peggy, ich...ich...es tut mir so furchtbar leid. Ich...“

„Winfried, raus mit der Sprache!“

Sie hörte, wie ihr Ex-Ehemann mehrmals laut durchatmete und schließlich flüsterte:

„Ich habe Aids.“

Peggy erstarrte. Schließlich rang sie sich durch:

„Sag das nochmal!“

„Ich habe Aids. Ich wusste es nicht, glaub mir. Habe es erst jetzt erfahren. Ich wünsche...ich hoffe...ich bete für dich.“

Peggy hatte wortlos aufgelegt. Sie ließ sich in ihren Sessel fallen und starrte lange ins Leere. Endlich griff sie zum Telefon und wählte eine Nummer. Dann nahm sie ihre Handtasche und ging ins Vorzimmer.

Wanda sah sie fragend an.

„Was ist passiert? Sie sind bleich wie der Tod."

„Wanda, sagen Sie für heute alle Termine ab!"

In der Eingangshalle wartete Felix vor dem Aufzug. Als der angekommen war und sich die Tür öffnete, trat Peggy heraus.

„Hallo, Frau Dr. Freier. Keine Verfolgung heute, reiner Zufall."

Sie schaute ihn geistesabwesend an und murmelte:

„Schon gut. Lassen Sie mich bitte einfach in Ruhe!"

„Entschuldigen Sie. Ist was, Frau Dr. Freier?"

Peggy war schon an ihm vorbeigegangen, dann verlangsamte sie ihren Schritt, blieb kurz stehen und machte die paar Schritte zu Felix zurück, der ihr verwundert nachgestarrt hatte.

„Entschuldigen Sie meine fehlende Kampfbereitschaft. Ich habe gerade ein kleines Problem."

„Schon gut. Wir alle haben unsere Tage."

Peggy wollte schon aufbrausen, dann fasste sie sich und sagte von oben herab:

„Hier ist meine Visitenkarte. Holen Sie sich zum Trost einen Kaffee bei meiner Sekretärin."

Sie machte kehrt und ging zum Ausgang. Felix starrte ihr mit der Visitenkarte in der Hand fragend nach.

Peggy fuhr stracks in die Arztpraxis ihres Onkels

Thomas Herbst und ließ sich Blut für einen HIV-Test abnehmen. Ihr Onkel versuchte ihr gut zuzureden, aber sie blockte ihn ab und sagte:

„Ich komme wieder, wenn ihr das Ergebnis habt. Ich hab jetzt einfach nicht den Nerv zu reden. Entschuldige, Onkel Thomas. Bis bald."

Sie fuhr nach Hause, legte sich aufs Sofa und starrte zur Zimmerdecke. Später packte sie ihre Yogasachen und fuhr in das Studio ihrer Yogalehrerin Monika. Dort stand diese mit einigen Frauen auf einem Bein. Peggy schloss sich an, war aber unsicher auf dem Bein und kam ins Schwanken.

„Mist", fuhr es aus ihr heraus, und sie ging auf die Knie.

„Psst", sagte die Yogalehrerin. Nach einem längeren Blick auf Peggy setzte sie sich neben sie. Flüsternd unterhielten sie sich.

„Schlechtes Karma heute?"

„Das kannst du laut sagen, Monika."

„Psst!"

„Ich könnte die Welt in die Luft sprengen."

„Psst."

„Ich könnte ihn in die Luft sprengen."

„Psst."

„Und alle Männer dazu."

„Gute Idee", fuhr es der Yogalehrerin heraus.

„Psst", flüsterte Peggy und legte einen Finger auf die Lippen.

6.

Peggy erschien am nächsten Tag wieder im Büro, ohne aber konzentriert arbeiten zu können. Wanda ahnte, dass etwas nicht stimmte, ahnte aber auch, dass sie besser nicht fragen sollte. So ging es zwei Tage. Dann meldete sich die Arztpraxis und wollte Frau Dr. Freier sprechen.

Peggy fuhr hin und wurde gleich ins Arztzimmer geführt. Ihr Onkel saß hinter seinem Schreibtisch, erhob sich und ging auf sie zu.

„Guten Tag, Peggy."

„Hallo, Onkel Thomas", sagte sie und deutete die sonst übliche herzliche Umarmung nur kurz an.

„Setzen wir uns, Peggy. Gerade heraus?"

„Gerade heraus!"

„Peggy, zuerst das Negative: Du bist HIV-positiv."

Sie schwieg lange. Schließlich raffte sie sich auf und fragte:

„Was bleibt da noch an Positivem?"

„Es ist ein frühes Stadium. Wir sind in Deutschland."

„Das heißt?"

„Mit der richtigen Therapie kannst du weiterhin alt

werden.“

„Toll! Und immer mit Aids vor Augen.“

„Peggy, vergiss Aids!“

„Klar, Onkel Thomas, das steck ich einfach weg. Ist so meine Art.“

„Ja, wie dein Vater Franz. Mein Bruder war ein prächtiger Soldat.“

„Ich hätte Zivildienst geleistet. Sonst noch einen guten Rat?“

„Da halte ich es mit dem alten Goethe.“

„War der auch HIV-positiv?“

„Goethe sagt, man solle nie ungefragt Ratschläge geben. Und wenn man um Rat gebeten werde, solle man dazu raten, was der oder die Fragende eh tun möchte.“

„Toll, wirklich toll, Onkel Thomas. Rate mir trotzdem, wenn wir schon dabei sind. Schließlich bist du Arzt.“

„Erzähl es nur den wenigen, denen du 100-prozentig vertraust.“

„Also zum Beispiel meinem Ex-Mann, dem ich 100-prozentig, na ja, fast ganz vertraut habe – und der mich angesteckt hat.“

„Peggy, es gibt kein risikoloses Leben.“

„Das war wohl der zweite Rat. Ich weiß, auf Leben steht Tod. Noch einen Rat?“

„Keinen ungeschützten Sex!“

„Du siehst Probleme! Sex ist das Letzte, woran ich gerade denke.“

Die beiden sprachen noch ein wenig miteinander. Dann überreichte der Arzt seinem Patenkind Rezepte und umarmte sie zum Abschied lang und innig. Peggy ließ es über sich ergehen, verabschiedete sich, trat mit etwas wackeligen Beinen aus dem Haus und ging langsam zu ihrem Wagen. Dort angekommen übermannte sie der Zorn. Sie trommelte mit beiden Fäusten auf das Autodach und trat dann eine Delle in den rechten vorderen Kotflügel. Eine Politesse, die in der Nähe die Parkscheine in den Autos kontrollierte, sah es. Erst sprachlos, eilte sie dann herzu.
„Ja, aber was tun Sie denn da?“
„Ich trete mein Auto. Was dagegen?“
„Aber...?
„Noch nie Ihren Wagen getreten? Es musste sein, glauben Sie mir, es musste sein.“
Sie öffnete die Tür, setzte sich hinter dass Steuer und fuhr los. Die Politesse starrte ihr zunächst mit offenem Mund nach, zog dann ihr Handy und telefonierte aufgeregt. Peggy war nur ein paar hundert Meter weit gekommen, als sie ein Streifenwagen überholte und zum Halten aufforderte. Sie fuhr rechts ran, hielt an und ließ die Türscheibe herunter.
„Sie wünschen?“, fragte sie die zwei Polizeibeamte,

die aus ihrem Wagen gestiegen und herangetreten waren.

„Guten Tag", sagte der eine. „Führerschein- und Fahrzeugkontrolle."

„Wenn es denn sein muss. Bitte."

Sie reichte dem Polizist die Papiere, während dessen Kollege die Delle im Kotflügel betrachtete. Er fragte: „Hatten Sie einen Unfall?"

„Nein, ich habe nur mein Auto getreten."

„Darüber wurden wir informiert."

„Ah, die diensteifrige Politesse. Die Polizei, dein Freund und Helfer."

„Treten Sie öfters Autos, Frau....Frau Freier?", fragte der Beamte, nachdem er den Führerschein geprüft hatte.

„Ist das in Deutschland verboten?"

„Nicht dass ich wüßte", sagte der andere Polizist.

„Die Frage ist, ob das ungebührliches Verhalten im Straßenverkehr ist."

„Machen Sie Witze?"

„Hören Sie, Frau...Frau Freier, ich bin im Dienst. Ihr ungewöhnliches Verhalten..."

„Sagen Sie nur, das verstößt gegen die Straßenverkehrsordnung?"

„Wer am Verkehr teilnimmt, hat sich so zu verhalten, dass kein Anderer geschädigt, gefährdet oder mehr als nach den Umständen unvermeidbar, behindert oder belästigt wird. Paragraf 1, Absatz 2.“

„Gut auswendig gelernt. Ich verstehe: Die Politesse hat sich durch meine Autotreterei belästigt gefühlt. Sagen Sie Ihrer Kollegin: Ich bin Rechtsanwältin. Und eine verdammt gute. Ich würde ihr von einem Prozess abraten.“

„Haben Sie getrunken?“

„Sehe ich so aus? Aber wenn Sie wollen, blase ich gern in Ihr Röhrchen.“

„Steigen Sie bitte aus!“, sagten gleichzeitig beide Beamte.

„Bitte, wenn es der Wahrheitsfindung dient. Oder wollen Sie mich auch treten?“

„Ich warne Sie“, sagte der eine Polizist drohend. „Steigen Sie bitte aus!“

„Schon gut, schon gut“, meinte Peggy und stieg aus.

„Kommen Sie bitte auf den Gehweg! Und jetzt gehen Sie ein paar Schritte geradeaus!“

Die beiden Beamten äugten kritisch, wie Peggy ein paar Schritte ging, sich umdrehte und zurückkam.

20 Minuten später erschien Peggy in der Kanzlei.

„Guten Tag, Frau Freier. Mehrere Anrufe.“

„Hallo, Wanda. Ich wurde aufgehalten. Von der Polizei. Ich musste ins Röhrchen blasen.“

„Aber Sie trinken doch nie am Vormittag.“

„Ich trinke weder am Vormittag noch am

Nachmittag."

„Eine Routinekontrolle?"

„Nein, weil ich meinen Wagen getreten habe."

„Wie? Sie haben Ihr armes Auto getreten?"

„Armes Auto? Es hat fast 40.000 Euro gekostet."

Wanda schwieg kurz, schüttelte den Kopf und sagte: „Frau Freier, Hand aufs Herz! In den vergangenen Tagen...also, entschuldigen Sie, wenn ich das zu sagen wage...also, in den vergangenen Tagen...Sie sind nicht die Alte, ich meine die jugendlich stürmische Rechtsanwältin."

„Tja, Wanda, mit 45 komme ich eben langsam ins Uralte."

„Was für ein Unsinn. Und sagen Sie das bitte nicht einer bald 60-jährigen Frau."

„Tut mir leid, Wanda. „Ich bin halb am Boden zerstört."

Peggy wischte sich eine Träne aus den Augen.

„Ich brauche ein paar Tage Auszeit. Sagen sie für diese Woche alle Termine ab."

„Frau Freier. Da kann nur ein Mann dahinter stecken."

„Hölle, das konnte nur mein Ex-Mann sein. Wanda kommen Sie mit in mein Zimmer. Ich muss Ihnen etwas eröffnen. Sehen Sie es als Betriebsgeheimnis an. Wenn Sie es irgendwem ausplaudern, kündige ich Ihnen fristlos. Sie sind die einzige Person, der ich noch 100-prozentig vertraue. Hören Sie zu!"

7.

Felix stand an einem Tischchen des Backshops, trank einen Cappuccino und aß eine Butterbrezel. Dann brachte er Tasse und Teller zur Theke und verabschiedete sich.

„Danke, Dottore."

„Noch immer keine Lust auf Tango, Marina?"

„Lust schon, aber..."

„Ihr Verlobter!?"

„Wir diskutieren noch."

„Halten Sie mich auf dem Laufenden, Marina. Bis morgen, ciao. Halt, ich wollte noch fragen: Haben Sie diese Rechtsanwältin in der letzten Zeit gesehen? Sonst läuft man sich ständig über den Weg. Aber seit ein paar Tagen..."

„Dottore, so läuft das bei Ihnen! Der Tangotänzer wird mir untreu."

„Was heißt hier ‚untreu'? Wir haben noch nicht einen Schritt mit einander getan."

„Mein Verlobter."

„Ich weiß, Marina, Ihr Verlobter. Und die Rechtsanwältin?"

„Die war in den vergangenen Tagen nicht hier. Vielleicht macht sie Urlaub.“

„Kann sein. Also ciao, Marina.“

„Ciao, Dottore.“

Felix ging zurück zum Hochhaus, fuhr mit dem Aufzug nach oben, und setzte sich seinem Kollegen gegenüber an seinen Bildschirm.

„Hast du schon gehört, Felix? Die Geschäftsleitung ist unzufrieden mit unserem neuem Chefredakteur.“

„Woher weißt du das schon wieder?“

„Na, du weißt doch: Die Schwester meiner Frau spielt Golf mit der Kusine des Geschäftsführers.“

„Sie sollte lieber Tango tanzen.“

„Vergiss mal deinen Tango! Du merkst doch auch, wie der Chef nach unten tritt. Der Mann gibt den Druck von oben weiter.“

„Der Mann nervt einfach.“

Ein paar Tage später geriet Felix die Visitenkarte der Rechtsanwältin zwischen die Finger. Er hatte sie noch immer nicht gesehen oder bei Marina von ihr gehört. Als er an diesem Tag schon am Nachmittag mit der Arbeit zu Ende war, fuhr er mit dem Aufzug nur bis zum dritten Stock hinunter. Dort stieg er aus und klingelte an der Tür der Kanzlei. Wanda öffnete und sah ihn so erstaunt an wie er sie.

„Guten Tag.“

„Guten Tag. Sie wünschen?“

„Hansen. Felix Hansen. Ich komme auf einen Kaffee.“

„Wie bitte?“

Felix zückte die Visitenkarte und hielt sie Wanda vor die Nase.

„Frau Dr. Freier hat mir neulich gesagt, ich könne jeder Zeit zu einem Kaffee zu ihr kommen.“

„Wirklich? Sind Sie ein Klient?“

„Nicht dass ich wüsste. Vielleicht schätzt Sie einfach mein ehrliches Gesicht. Frau Freier ist nicht da?“

„Nein. Apropos: Welcher Mann versucht nicht, ein ehrliches Gesicht zu zeigen? Aber dahinter...“

„Sie haben ja recht. Trau nie einem Mann mit einem ehrlichen Gesicht! Aber ganz offensichtlich hat mir Frau Dr. Freier ihre Visitenkarte anvertraut. Darf ich fragen, mit wem ich die Ehre habe?“

„Müller. Ich bin die Sekretärin von Frau Dr. Freier. Ich sagte aber schon, dass sie nicht da ist.“

„Schade. Später vielleicht?“

„Derzeit ist Frau Dr. Freier...auswärts beschäftigt. Wie war nochmals Ihr Name?“

„Hansen, Felix Hansen. Bekomme ich trotzdem einen Kaffee, nachdem er mir versprochen worden war?

„Sie sind näher mit Frau Dr. Freier bekannt?“

„Nicht direkt. Wir haben uns im Backshop gegenüber

kennen gelernt."

„Ah, der Mann aus dem Backshop."

„Ich wusste nicht, dass das schon Stadtgespräch ist."

„Bürogespräch, Bürogespräch. Wenn zwei Frauen unter sich sind. Ich habe sie gewarnt.

„Sie haben mich gewarnt?"

„Nicht Sie, die Frau Dreier. Ich warne sie immer vor Männern. Kommt nichts Gutes dabei heraus mit den Männern."

„Welcher Mann kann Ihnen da widersprechen?"

„Eben keiner, Herr Hansen."

„Na dann, Frau Müller. Auf Wiedersehen. Übrigens: Einen hübschen Kanarienvogel haben Sie da."

„Halt, wollen Sie keinen Kaffee mehr?", fragte Wanda mit verschmitzter Miene.

„Doch, gerne."

Wanda ließ die Espressomaschine heiß laufen, während etwas in ihr arbeitete. Sie reichte kurz darauf Felix den Kaffee und musterte den Besucher kritisch. Dann begann sie zögernd zu sagen:

„Mir fällt gerade ein: Heute ist der dritte Mittwoch im Monat."

„Was Sie nicht sagen."

„Da hat Frau Dr. Freier ihr Konzertabo", sagte Wanda und schaute unschuldig drein.

Felix begriff nicht gleich, dann grinste er und meinte:

„Danke für den Tipp. Danke für den Kaffee.

Auf Wiedersehen, Frau Müller."

Wanda ließ sich zweifelnd auf ihren Stuhl fallen, nachdem Felix gegangen war.

„Ob das das Richtige war?", fragte sie den Kanarienvogel. „Spatz, ich weiß es nicht. Aber die arme Frau Freier muss auf andere Gedanken gebracht werden. Ihr Ex-Mann hat sie so scheußlich vergiftet. Und dieser Hansen macht eigentlich einen ordentlichen Eindruck - für einen Mann. Und eigentlich sieht er ganz gut aus. Auch scheint er ein Vogelliebhaber zu sein. Ach, Spatz, so richtig habe ich es der Chefin nicht abgenommen, wie sie immer über diesen Mann losgezogen hat. Dass sie ihn überhaupt erwähnte!"

8.

Felix war gleich zum Büro des Lokalblatts losgezogen, wo es Veranstaltungstickets im Vorverkauf gab. Aber dort beschied ihm die Verkäuferin, dass das Konzert bereits ausverkauft war. Aber das sei kein Wunder, trete doch als Solistin die weltbekannte Cellistin Sol Gabetta auf. Felix glaubte sich zwar Weltbürger zu sein, aber diesen Namen hörte er zum ersten Mal. Doch er beschäftigte sich in seiner Freizeit auch praktisch nur mit Tangomusik. Die Konzerthalle kannte er allerdings vom jährlichen Presseball. Als die Verkäuferin seine enttäuschte Miene sah, gab sie ihm den Ratschlag, am Abend an der Kasse nachzufragen. Immer wieder würde mal eine Karte zurückgegeben.

Er hatte am Abend Glück. Jemand bot im Eingangsbereich der Konzerthalle eine Karte an. Allerdings war sie in einer der vorderen Reihen und war nach Ansicht von Felix verflucht teuer. Aber er war dabei und hoffte, dass Peggy Freier auch wirklich kam. In der Menge vor dem Konzertsaal konnte er sie nicht entdecken. Als Felix drinnen zu seinem Platz ging, schaute er sich lange um, konnte aber die Gesuchte nicht finden. Er setzte sich und studierte das Konzertheft. Der Komponist des ersten Konzertteils war Joseph Haydn und im zweiten Teil ein Edward Elgar, dessen Name ihm nichts sagte. Das Todesjahr des Komponisten 1934 erinnerte ihn nur daran, dass sein Tango-Leibkomponist Astor Piazzolla, 13 Jahre davor geboren worden war. Der Argentinier hatte die Tangomusik revolutioniert.

In der Pause suchten viele Konzertbesucher eine der verschiedenen Bars auf. Die Suche von Felix war auf etwas Anderes gerichtet. Er drängte sich auf den verschiedenen Konzertsaalebenen unter die Leute. Aber umsonst. Schließlich stellte er sich an eine Bar, um etwas für seine trockene Kehle zu tun.

„Wer ist der Nächste?“, fragte der Kellner.

„Ich!“

Zweimal war es gleichzeitig zu hören.

Felix und Peggy hatten es gerufen, hatten es gehört und schauten nach links beziehungsweise rechts.

„Er“, sagte Peggy.

„Sie“, sagte Felix gleichzeitig.

„Sie wünschen?“, wurde Peggy gefragt.

„Bitte, einen Sekt mit Orange.“

„Das gleiche für mich,“ sagte Felix und drängelte zu Peggy.

„Guten Abend, Frau Doktor Freier. Einen Vorschlag zur Güte: Wir streiten uns heute zur Abwechslung nicht, und ich lade Sie zum Sekt-Orange ein.“

Peggy musterte ihn.

„Gut, mein Herr, aber ich zahle.“

„Warum Sie? Ich...“

Peggy unterbrach ihn:

„Sagen Sie jetzt nicht: Weil ich der Mann bin, Herr... Herr...“

„Hansen, Felix Hansen. Aber ich bin der Mann.“

Peggy lachte auf.

„Ein Mann. Einer. Kein Grund, den Sekt zu bezahlen.“

„Okay, okay, Frau Doktor Freier. Zahlen Sie!“

„Haben Sie heute ihren schwachen Tag, Herr Hansen?“

„Meinen mitleidigen Tag, Frau Doktor Freier. Meinen mitleidigen Tag."
Peggy schaute ihn etwas betroffen an.
„Frau Doktor Freier, Sie sollen auch mal ein Erfolgserlebnis haben."
„Mein lieber Herr Hansen, Sie ahnen wohl, dass Sie Ihren Sekt riskieren. Den mitleidigen Tag habe ich heute", sagte sie, bezahlte, nahm die zwei Sektgläser von der Theke und gab eines davon Felix. Sie ging zu einem in der Nähe gerade freiwerdenden Stehtisch. Felix folgte ihr mit dem Glas in der Hand.
„Ah, Sie verfolgen mich weiter, Herr Hansen."
„Nachdem Sie mich zu einem Glas Sektorange eingeladen haben, wohl zurecht. Auf ihr Wohl, Frau Doktor Freier."
„Erstens: Betonen Sie bitte nicht ständig das ‚Doktor'. Zweitens: Woher wussten Sie, dass ich heute hier bin?"
„Erstens, Frau Freier: Es gibt ja wohl Zufälle im Leben. Zweitens: Sie wissen doch, dass ich Sie verfolge."
„Ganz offensichtlich", meinte sie. „Anscheinend sind Sie nicht abzuschütteln. Sagen Sie nur: Sie interessieren sich für Musik?"
„Für Musik, Tanzen und Frauen. Und Sie?"
„Für Musik, Musik, Musik."
„Nichts anderes?"
„Nichts anderes, Herr Hansen. Man, will sagen frau

ist da auf der sicheren Seite."
„Das ist offensichtlich eine Generaltendenz in Ihrem Büro."
„Wie bitte?"
„Ich war heute in Ihrem Büro, um endlich den Kaffee dort auszuprobieren, den Sie mir angeboten hatten."
„Wanda!"
„Eine charmante ältere Dame."
„Hören Sie, Sie Jungspunt:Wanda ist ein Schatz."
„Schätze sind fast immer älteren Datums. Wenn es sich nicht gerade um ein Kleinkind handelt."
„Und dieser Schatz, Herr Hansen, hat was von Musik geplaudert?"
„Wie man eben vom Kaffee auf die Musik kommt."
Peggy atmete tief durch. Ihre Wanda würde sie zusammenstauchen, nahm sie sich vor. Unmöglich diese Frau. Doch dann spottet sie:
„Kaffeehausmusik also. Dann dürfte Ihnen das nun folgende, teilweise so melancholische Cello-Konzert von Elgar nicht so munden."
„Kein Problem, Frau Freier. Gewöhnlich tanze ich Melancholie,"
„Wie bitte?"
„Ich tanze Tango Argentino. Ein geflügeltes Wort sagt, dass es sich dabei um getanzte Traurigkeit, um getanzte Melancholie handle. Und Sie?"
„Und ich?"

„Tanzen Sie auch Tango?“

„Ich muss das nicht tanzen. Gibt auch so Gründe zur Melancholie.“

Peggy biss sich insgeheim auf die Lippen. Glücklicherweise erscholl das Klingelzeichen zum Ende der Pause. Sie nickte Felix zu und machte sich auf den Weg zu ihrem Sitzplatz.

„Darf ich mich nach dem Konzert revanchieren, Frau Freier? Zum Beispiel zu einer Gullaschsuppe und einem Glas Wein einladen“, sagte er neben ihr hergehend.

„Das muss ich mir noch schwer überlegen, Herr Hansen. Genießen Sie weiter die Musik. Melancholie, wenn auch nicht zum Tanzen.“

Jetzt also Elgars Konzert für Cello und Orchester in E-Moll, Opus 85, wie Felix im Programmheft las. Wieder erschien der Star des Abends mit ihrem Cello. Ungeheurer Beifall. Und dann begann die Musik mit dem melancholischen Adagio-Moderato. Felix war beeindruckt und vergaß sogar kurzfristig die Rechtsanwältin. Als das Elgar-Konzert mit dem „Allegro man non troppo“ zu Ende gegangen war, brandete ein nicht enden wollender Beifall auf – und auch Felix war beeindruckt und klatschte eifrig mit.

Er eilte zur Garderobe. In seinen Mantel geschlüpft

stellte er sich am Haupteingang auf und wartete.
Endlich erschien Peggy.

„Ich verfolge Sie weiter, Frau Freier.“

„Sie sind ja eine wahre Klette, Herr Hansen.“

„Sie haben mir versprochen, dass ich mich revanchieren darf.“

„Habe ich das? Na ja, mein Magen ist etwas leer.“

„Wie wäre es mit...“

„...einer Gullaschsuppe? Nein, danke, aber dort um die Ecke ist ein guter Chinese.“

„Also Haifischflossensuppe oder so. Schön, dass Sie mich begleiten.“

Peggy blieb stehen, sah ihn von oben nach unten, von unten nach ob an.

„Also, um das klarzustellen: Sie dürfen mich begleiten.“

Im Chinarestauran gab es noch einen freien Tisch. Sie setzten sich gegenüber und studierten die Speisekarte.

„Keine Haifischflossensuppe“, stellte Felix fest.

„In China gäb es die natürlich.“

„Sie waren schon in China?“

„Ja.“

„Und was gab es da?“

„Alles, was gekaut werden kann. Katzen, Hunde, Schlangen und so fort.“

„Gemüsechopsuey, bitte“, sagte Felix zu der Bedienung, die gerade herantrat.

„Sie wollen wohl auf sicher gehen, Herr Hansen. Sie sind wohl ein Hasenfuß.“

„Haben wir nicht“, sagte die Bedienung.

„Wie bitte?“

„Hasenfüße haben wir nicht. Aber Enten- und Hühnerfüße. Sehr zu empfehlen.

„So ein Pech“, meinte Peggy. „Ich war gerade scharf auf Hasenfuß. Na ja, dann was anderes Scharfes. Hier, dieses Huhn auf Sezuan-Art, bitte.“

„Und zum Trinken?“

Peggy bestellte einen Jasmintee, Felix ein Pils.

„Und bringen Sie mir bitte Stäbchen“, rief sie der sich entfernenden Bedienung nach.

„Sie essen auch Stäbchen?“

„Schlaumeier! Ich esse mit Stäbchen. Ist doch das halbe Vergnügen im Chinarestaurant.“

„In China gelernt, Frau Freier?“

„Ja, aber das kann man auch hier lernen. Ich kann es Ihnen beibringen.“

„Da sind Frauen natürlich im Vorteil. Schon als kleine Mädchen lernen sie, mit Stricknadeln zu hantieren.“

„Vielleicht Ihre Oma, Herr Hansen. Leben Sie auf dem Mond?“

„Können Sie etwa nicht stricken?“

„Verstricken Sie sich nicht in Spekulationen“,

antwortete sie und sagte zu der Bedienung, die gerade die Getränke brachte, sie solle auch für den Herrn hier Stäbchen bringen. Der wolle sich weiterbilden.

„Hören Sie, Frau Freier. Ich bin Nachrichtenredakteur und habe eine profunde Halbbildung.“
„Na, prima. Fehlt offenbar nur noch das Essen mit Stäbchen. Sie sollten bei einem eventuellen Chinaeinsatz Deutschland nicht blamieren.“
Sie nahm die von der Bedienung inzwischen gebrachten Stäbchen und zeigte Felix den Gebrauch. Felix packte seine Stäbchen, stellte sich aber bei diesem Trockenkurs dumm an und schüttelte verzweifelt den Kopf. Schließlich stand Peggy auf, beugte sich von hinten über Felix, führte mit ihrer Hand seine Hand. Offensichtlich genoss er ihren Busen auf seinem Rücken. Sie merkte es und setzte sich wieder ihm gegenüber.
„Machen Sie ruhig weiter, Frau Freier.“
„So weit kommt es noch, dass ich Sie füttere.“
Das Essen war inzwischen gekommen. Sie führte die Bissen mit ihren Stäbchen gekonnt an den Mund, während er verzweifelt mit seinen Stäbchen kämpfte.
„Ich werde verhungert sein, wenn ich fertig bin“, jammerte Felix.
„Keine Angst, wenn Sie noch ein Jahr üben, können Sie es.“

„Ein Jahr?“

„Na, so wie Sie sich anstellen.“

Felix schnaufte tief durch.

„Da bin ich gespannt, wie Sie sich beim Tangotanzen anstellen werden.“

„Wie bitte?“

„Sie sagten doch in der Konzertpause, Sie wollten es einmal mit Tango versuchen. Melancholie tanzen. Sie erinnern sich?“

„Das träumten Sie wohl wahnwitzig, Herr Hansen.“

„Geben Sie es einfach zu, Frau Dreier. Sie wagen sich nicht aufs Tanzparkett. Ich habe mich an die Stäbchen gewagt. Aber Sie! Sie Hasenfüßin!“

Peggy zog die Augenbrauen zusammen, schaute ihn verächtlich an, schob ihr linkes Bein neben den Tisch, hob den Fuß hoch und fragte:

„Sieht das nach einem Hasenfuß aus?“

9.

Wanda fütterte gerade den Kanarienvogel, als ihre Chefin ins Büro trat.

„Frau Freier, guten Morgen. Es ist schön, Sie wieder zu sehen.“

Wanda wollte noch zufügen ‚Wie geht es Ihnen?‘, verschluckte aber diese Frage, eilte auf sie zu und drückte ihr freudestrahlend die Hand.

„Hallo, Wanda. Guten Morgen. Ja, es wurde Zeit, die Arbeit wieder aufzunehmen", sagte Peggy, während sie ihren Mantel ablegte. „Allerdings muss ich Ihnen erst die Ohren lang ziehen."

Wanda trat einen Schritt zurück und blickte ihre Chefin fragend an.

„Dieser junge Mann, dieser Nachrichtenredakteur, dieser Herr Hansen, der mich ständig verfolgt, war im Konzertsaal."

„Was für ein Zufall", murmelte Wanda schuldbewusst.

„Zufall? Wanda, tun Sie nicht so unschuldig. Er hat mir gestanden, dass er hier im Büro war."

„Aber Frau Freier, Sie haben ihn doch zu einem Kaffee ins Büro eingeladen. Das hat er zumindest gesagt und ihre Visitenkarte gezückt."

„Wie wäre es mit einem Kaffee für mich, Wanda? Übrigens, direkt eingeladen hatte ich ihn nicht zum Kaffee. Aber erst recht nicht in den Konzertsaal."

Während Wanda die Kaffeemaschine anwarf, gab sie zu bedenken, dass dieser Herr Hansen vielleicht einfach ein Musikliebhaber sei. Das sei ja kein Verbrechen und...

Peggy unterbrach Wandas windiges Gemurmel:

„Wanda, tun Sie nicht so unschuldig. Vielleicht haben Sie es ja auch gut gemeint. Wer weiß, vielleicht. Aber Sie haben mir damit wirklich was eingebrockt.

Jetzt muss ich Tango Argentino lernen!"

„Das versteh ich nicht, Frau Freier."

„Melancholie tanzen."

„Frau Freier, Sie sprechen in Rätseln."

„Ich kann da nicht kneifen vor dieser Herausforderung. Vor seiner Herausforderung. Er soll mich mal kennen lernen."

„Frau Freier, ich verstehe noch immer nichts. Aber für Tango sind Sie sicherlich im besten Frauenalter.

„Positiv im besten Frauenalter", stieß Peggy hervor, stürzte den ihr gereichten Espresso hinunter und verschwand in ihrem Zimmer.

Wanda schaute ihr mit großen Augen nach, dankbar auch, dass sie so glimpflich wegen ihres Konzerthinweises weggekommen war.

„Tango Argentino", murmelte sie, „Tango Argentino. Klingt eigentlich interessant. Muss ich mal googeln."

10.

Zwei Tage später wartete Felix am Abend im Tanzsportzentrum. Unruhig schritt er im Eingangsbereich hin und her. Kam nun Peggy Freier oder kam sie nicht? Er hatte sie herausgefordert, in der Hoffnung, dass sie darauf wie von ihm gewünscht reagieren würde. In den vergangenen Tagen hatte er sich über sich selbst gewundert. Die Rechtsanwältin passte eigentlich nicht in sein Beuteschema. Kein junges Ding wie sonst. Eine gestandene, intelligente, selbstbewusste Frau. Einige Jahre älter als er. Keine ausgesprochene Schönheit, aber doch adrett, charmant.... Das alles ging ihm jetzt durch den Kopf, während er ungeduldig wartete.

Und da erschien sie, wie verabredet leger gekleidet, zu diesem Tango-Übungsabend. Die zwei schüttelten sich die Hände nach dem ‚Hallo, Frau Freier‘ und ‚Hallo, Herr Hansen‘. Sie musterten sich und Peggy meinte:
„Geben Sie es zu! Sie haben daran gezweifelt, dass ich komme. Aber ich habe noch nie im Leben vor einer Herausforderung gekniffen.“
Da unterschlug sie, dass sie wirklich lange unsicher war, sich auf Tango und Herrn Hansen einzulassen. Aber jetzt war sie da. Felix war wirklich nicht sicher gewesen, dass sie hier auftauchen würde, schwindelte aber:
„Frau Freier, ich habe keine Sekunde an Ihrem Kampfgeist gezweifelt. Ah, übrigens, beim Tango Argentino duzen sich alle, selbst die Tänzerinnen und Tänzer aus Frankreich, wenn sie hier auftauchen. Wenn es Ihnen recht ist: Ich bin der Felix.“
„Na gut, Peggy. “

Sie schaute sich um. Hinter einer Glaswand des Eintrittsraumes, sah sie schon einige Paare tanzen. Einige in offener Haltung, die Mehrzahl jedoch eng umschlungen. Sie biss sich auf die Unterlippe, zögerte und sagte dann:

„Ich muss Ihnen…ich meine dir…ich muss dir, glaube ich, noch ewas sagen. Nein, nicht hier vor anderen Leuten. Draußen."

Sie gingen vor die Eingangstür, Felix war ihr mit fragendem Blick gefolgt. Draußen atmete Peggy ein paarmal tief durch, blickte zu Boden, sah Felix zögern an.

„Hast du kalte Füße bekommen, Peggy?"

„Wie? Ja, ich habe kalte Füße. Ich muss Ihnen, ich meine dir, ich muss dir fairerweise etwas sagen."

„Du hast ein Holzbein. Sorry, Peggy, meine dumme Art zu scherzen."

„Holzbein? So etwa. Ich bin…ich bin….HIV-positiv."

Er schaute sie geschockt an und stieß endlich ein „Scheiße" hervor.

„Das kannst du laut sagen. Wenn ich sehe, wie hier getanzt wird, solltest du fairerweise wissen, mit welchem Schweiß sich da dein Schweiß vermischen wird."

Felix zögerte einen Moment lang, dann umarmte er Peggy wortlos. Überrascht ließ es Peggy zu, klopfte ihm aber nach zwei Sekunden auf den Rücken, löste sich von ihm. Scheinbar lässig, doch insgeheim dankbar für die unerwartete Geste von Felix, murmelte sie:

„Schon gut, schon gut! Lassen wir alles Sentimentale mal außen vor."

„Okay, Peggy. Tanzen wir einfach. Tanzen ist immer...."

„Positiv, meinst du? Schon gut. Machen wir das Wort nicht zu einem Tabu. Aber es bleibt unter uns. Erzähl es niemandem! Bitte!"

„Mein Ehrenwort. Und jetzt gehen wir rein und tanzen."

„Ah", unterbrach ihn Peggy, „da fällt mir der alte Cicero ein. Der schrieb vor mehr als zweitausend Jahren: ‚Kein gesunder Mensch tanzt'."

Felix lachte auf, doch dann sagte er mit ernster Miene: „Ich muss dir auch was sagen."

„Du hast zwei Holzbeine", meinte Peggy flapsig. Doch dann merkte sie auf.

„So etwa", begann Felix. „Nein, ich habe Morbus Menière."

„Wie bitte? Morbus was? Soll das ein Witz sein?"

„Leider nein."

Felix klärte sie etwas umständlich über seinen damaligen Hörsturz, seinen Tinnitus und die seitdem auftretenden Drehschwindel auf.

„Es scheint, Felix, dass der alte Römer doch recht hat: Kein Gesunder tanzt.“

„Tja, Peggy, lass uns einfach Tango tanzen.

„Aber ich kann das doch gar nicht.“

„Prima. Das hast du mir voraus. Ich kann es schon halbwegs. Sozusagen als fortgeschrittener Anfänger. Du darfst noch alles lernen. Beneidenswert.“

„Ich kann nicht Tango tanzen.“

„Du wiederholst dich, Peggy. Deshalb machen wir heute die ersten Schritte. Tango Argentino ist vor allem Schreiten.“

„Na, das werde wir mit unseren Holzbeinen wohl noch schaffen. Also gut, das Krankenhaus tanzt.“

„Keine Angst, Peggy.“

„Angst? Wie kommst du darauf, dass ich Angst haben könnte?“

Die beiden waren inzwischen zurückgegangen und zogen sich im Umkleideraum ihre Tanzschuhe an. Derweil belehrte Felix seine Tanzpartnerin:

„Für Frauen gibt es beim Tango Argentino eine Goldene Regel.“

„Und die wäre?

„Geduld haben und die Impulse des Mannes abwarten.“

„Oh, Felix, perfekt. Das sind meine Haupttugenden.“

Sie traten in den Tanzsaal. Peggy hörte die gerade gespielte Musik und stutzte.

„Das, Herr Ha...., das, Felix, klingt aber nun wirklich nicht melancholisch."

„Du hast recht. Das ist auch eine Milonga. Der Klassiker ‚Milonga sentimental'. Eine Aufnahme mit der Sängerin Mercedes Simone, über 90 Jahre alt. Ich meine die Aufnahme. ‚Milonga pa' recordarte,/ Milonga sentimental' singt sie da."

„Ah, der Tangoexperte! Und was heißt das auf Deutsch?"

„Sinngemäß etwa: Diese Milonga, um an dich zu erinnern, diese sentimentale Milonga."

„Sentimental klingt die Musik nicht, geradezu frisch hüpfend."

Felix erklärte ihr, dass die Milonga eine Vorläuferin des Tangos ist. Sie sei sozusagen die Mutter des Tangos, den die Gauchos in die Pampa stampften. Manche sprächen auch von der fröhlichen Schwester des Tangos. Beim Tanzen einer Milonga dürfe man lächeln."

„Tatsächlich? Man darf lächeln? Toll! Phantastisch!Endlich etwas zum Lächeln für uns Kranke."

„Die ironische Peggy! Wie gesagt, das ist eine Milonga. Wobei Milonga auch die Bezeichnung für einen Tangoveranstaltung ist und auch für den Ort des Tangotanzens."

„Vielen Dank, Felix, für den aufklärenden Bericht. Und jetzt?“

„Jetzt warten wir auf Tangoklänge zur Einführung in die ersten Tanzschritte für die Rechtsanwältin Dr. Peggy Reiner.“

Aber als die Milonga zu Ende war, folgte eine Tanda mit Vals. Und Felix hatte Zeit, weitere Informationen zu liefern, bevor er dann mit Peggy die ersten Tangoschritte tat.

Als sie am späten Abend im Bett lag, konnte sie einfach nicht einschlafen. Vielleicht hatte ihr Körper die ungewohnte Tangolektion noch zu verarbeiten, dachte sie. Schließlich stand Peggy auf, ging ins Badezimmer und nahm zur Beruhigung eine Baldriantablette. Zurück im Bett wälzte sie sich noch eine Weile hin und her. Irgendwann wurde ihr der mutmaßliche Grund ihrer inneren Unruhe klar. Es war nicht der Tango, der noch in ihrem Körper steckte und sie wachhielt. Es war wohl dies: Wie konnte sie nur einem praktisch fremden Mann eröffnen, dass sie HIV-positiv ist? Einem Mann!

11.

„Armer, armer Spatz“, sagte Wanda leise zu dem in

seinem Käfig sitzenden Kanarienvogel. „Ich versteh ja, dass du nicht mehr trillern willst. Armer Spatz.“

Die Tür ging und Peggy trat herein.

Wanda hatte sich sogleich zur ihr gedreht und einen guten Morgen gewünscht.

„Guten Morgen, Wanda. Wie geht's? Ein schönes Wochenende gehabt?“

„Eigentlich ja, aber dann. Etwas Trauriges ist passiert.“

Peggy sah sie fragend an.

„Der Besitzer von Spatz, der Herr Braun, ist seinen schweren Verletzungen erlegen.“

Wanda sah mit einem wehmütigen Hundeblick ihre Chefin an. Die schaltete schnell.

„Das tut mir leid, Wanda. Und jetzt?“

Diese schaute weiter bittend und bettelnd zu Peggy.

„Nein, Wanda, nein.“

Diese schaute zum Herzerweichen bittend und bettelnd ihre Chefin an.

„Wanda, das ist Nötigung!“, sagte Peggy, doch fuhr sie schließlich resignierend fort:

„Na gut. Aber nur so lange, bis sich die Erben von diesem Herrn Braun gemeldet haben.“

„Danke, Frau Freier, danke“, jubelte Wanda und sagte zum Vogel gewendet:

„Hast du gehört, Spatz? Du darfst hierbleiben.“

„Vorläufig, Wanda, vorläufig. Gibt es sonst etwas

Wichtiges? Nein? Dann arbeite ich endlich den Aktenberg auf meinem Schreibtisch ab."

Kurz darauf brachte ihr Wanda einen Kaffee.

„Und wie war der Tango, Frau Freier, wenn ich fragen darf?"

„Nett."

„Wie? Nett? Wollen Sie mich auf den Arm nehmen?"

„Wanda, Sie sprechen mit Ihrer Chefin. Vergessen? Na ja. Spannend. Warum lernen Sie nicht auch Tango Argentino zu tanzen? Bewegung in ihrem Alter, pardon, in unserem Alter schadet keinesfalls."

„Um mich an behaarte Männerbrüste drücken zu lassen? Nein danke."

„Abgesehen davon, dass alle Tänzer, die ich bisher gesehen habe, zumindest ein Hemd trugen, erzählte mir Felix..."

„Wer ist Felix, Frau Freier?"

„Na, Herr Hansen von oben."

„Aha, Sie duzen sich schon."

„Wanda, Sie werden immer kecker! Im Übrigen: Beim Tango duzen sich alle. Felix Hansen erzählte, dass es beim Tango Argentino gewöhnlich einen großen Frauenüberschuss gibt. Sie könnten also Frauen an ihren Busen drücken. Allerdings müssten sie dann lernen zu führen."

Wanda schaute interessiert drein, sagte dann aber:

„Und wie fühlt es sich an, dass ein Mann Sie führt?

Ein Mann!"

Peggy grinste.

„Zugegeben: eine große Herausforderung. Aber Sie, Wanda, könnten ja Frauen führen. Ich weiß jedoch nicht, was für Männer, ich meine für die Führenden, die Goldene Regel ist."

„Es gibt eine Goldene Regel, Frau Freier?"

„Für die Frau, für die Geführte."

„Und die wäre?"

„Geduld haben und auf den nächsten Impuls warten."

„Das passt ja. Genau Ihre besondere Fähigkeiten."

„Wanda, werden Sie nicht frech! Passen Sie auf, dass ich es mir mit ihrem verdammten Spatz nicht anders überlege!"

„Entschuldigen Sie, Frau Freier. Übrigens hab ich Tango Argentino mal gegoogelt. Da hab ich ein Zitat von einem Schriftsteller gefunden. Warten Sie kurz. Ja, Borges heißt er. Borges."

„Der argentinische Dichter wird Borches ausgesprochen, Wanda."

„Egal. Auf jeden Fall schreibt er: ‚Früher war der Tango eine orgiastische Teufelei; heute ist er eine Art zu schreiten.‘"

„Gute alte Zeiten!", brummelte Peggy und verschwand in ihrem Zimmer.

<h1 style="text-align:center">12.</h1>

Nach ein paar Wochen mit regelmäßigen Tanzeinheiten machte sich Peggy schon gut, wie Felix meinte. Möglicherweise helfe ihr ihre jahrelange Yogapraxis. Sie habe ein tolles Körpergefühl. Und Musikalität im Leib, wenn er das so sagen dürfe. Nicht umsonst spielte sie in Mädchenjahren Klavier, wie sie ihm erzählt habe.

Karfreitag stand an mit seinem behördlichen öffentlichen Tanzverbot. Er schlug ihr vor, bei ihm zu Hause im Wohnzimmer zu tanzen. Es gebe da einen schönen Parkettboden. Und er koche das Abendessen, Anschließend werde getanzt. Peggy hatte gezögert – und zugesagt.

„Kompliment, Felix. Du kannst nicht nur tanzen, sondern auch kochen", sagte sie nach dem Abendessen.
„Hast du jemals an meinen Qualitäten gezweifelt, Peggy?"
„Nie, nie, nie!"
„Ich glaube dir kein Wort. Vermutlich werde ich der Rechtsanwältin nie ein Wort glauben, auch wenn du alles so umwerfend überzeugend sagst."
Peggy grinste nur und hielt eine Hand auf ihr Glas.
„Nein, keinen Wein mehr. Ich bin mit dem Wagen

hier. Nein, kein Aber. Nachher setz ich mich in meinen Wagen. Also jetzt Tanz."

Sie rückten ein paar kleinere Möbel zur Seite, rollten den großen Teppich im Wohnzimmer auf, zogen ihre Tanzschuhe an und Felix legte eine Tango-CD auf. Er wechselte immer wieder zwischen offener und geschlossener Haltung.

„Seltsam", sagte sie. „Du hältst mich eng umschlungen, und doch habe ich das Gefühl, dass du gar nicht ganz bei mir bist."

„Ich bin bei dir, Peggy, aber...also, in einem Buch über den großen Tangosänger Gardel heißt es, ein tangotanzender Mann sei einzig der Musik verpflichtet, und er dürfe sich von nichts ablenken lassen."

„Na, das ist ja beruhigend, Felix. Da muss ich mir keinerlei Sorgen um mich machen. Komm, tanzen wir noch einen letzten Tango für heute Abend! Ich bin müde. Das stundenlange Tanzen setzt mir schon ein wenig zu."

„Okay, wenn du meinst. Du kannst aber auch hier..."
Doch Peggy hatte bereits die CD zum Spielen gebracht.

Am Ostersamstag hatte sie ihr Onkel Thomas zu

einem Brunch eingeladen. Peggy umarmte den kinderlosen Witwer bei der Begrüßung herzlich und übergab ihm ein paar gefärbte harte Eier. Ihr Onkel hatte einiges von einem Feinkostgeschäft kommen lassen. Auf seine Frage, wie sie sich fühle, sagte sie, sie könne nicht klagen angesichts der Umstände.

„Also, ich habe vorgestern nachgeschaut: Deine Werte sind alle gut, im Rahmen des Gegebenen.“

„Im Rahmen des Gegebenen“, echote Peggy.

„Peggy, du weißt, dass ich dich nicht heilen kann. Vielleicht wird es ja mal ein Heilmittel geben. Aber du kannst eigentlich ziemlich normal leben und weiter leben. Wie fühlst du dich denn insgesamt?“

„Blendend, Onkel Thomas, blendend.“

„Peggy, sei bitte für einen Moment ernst!“

„Gut, gut. Ab und zu fühle ich mich sehr müde.“

„Wann? Wie genau?“

„Wenn ich vier Stunden Tango getanzt habe.“

„Peggy, du bist unverbesserlich. Vier Stunden Tango!? Da wäre ich am Boden zerstört. Ich sehe schon, dass du dich nicht unterkriegen lässt. Recht so!“

„Tja, Onkel Thomas, ich arbeite an meiner Selbstbehauptung.“

„Selbstbehauptung, Peggy? Ich ziehe den Begriff ‚Michbehauptung‘ vor, auch wenn der nicht im Duden steht. Was das Selbst gegenüber dem Ich bedeuten soll, oder umgekehrt, habe ich nie verstanden.

Mich aber scheint es zu geben: Mich hat man als Baby in die Wiege gelegt, mich wird man irgendwann in den Sarg legen.“

Bei den letzten Worten war der Arzt ins Stottern geraten, entschuldigte sein Philosophieren, führte seine Nichte an den beladenen Tisch und forderte sie auf, reinzuhauen.

<h2 style="text-align:center">13.</h2>

Zwei Monate später war Peggy an einem Nachmittag zu einer Routineuntersuchung in der Arztpraxis ihres Onkels. Als sie wieder aus dem Haus trat, wartete da jemand auf sie.

„Hallo, Felix! Was tust du denn hier?“

Der schaute kurz verblüfft drein, schlug sich dann mit der flachen Hand an die Stirn und stöhnte:

„Ich Esel fall noch immer auf deine Sprüche rein. Du weißt doch, dass ich dich verfolge. Alles in Ordnung?“

„Ah, Felix, wir hatten uns ja hier verabredet. Entschuldige“, sagte sie lächelnd und tauschte mit ihm Wangenküsschen aus.

„Ja, ja, alles in positivem Rahmen. Mein Auto steht da drüben geparkt. Wo solls denn hingehen?“

Sie hängte sich in seinen Arm ein, und die beiden gingen über die Straße.

„Jetzt gehen wir erst einmal in ein Café und dann auf den Rummelplatz. Wir fahren Karussell."

„Felix, ist das nicht eine morbide Idee bei Morbus Menière?"

Er erklärte ihr, das entspreche dem alten homöopatischen Rezept, Gleiches mit Gleichem zu behandeln.

„Das muss ich meinem Arzt erzählen."

„Also, Peggy, was sagst du zu meinem Vorschlag?"

„Mit dem Café oder mit dem Rummelplatz?"

Felix blieb stehen, seufzte und erinnerte an seinen Vorschlag, an einem Tango-Festival in Paris teilzunehmen. Er habe ihr doch schon mehrmals davon erzählt. Peggy musterte ihn und fragte, wie er sich das vorstelle.

„Wenn du dabei bist, buche ich für das Festival, die dabei angebotenen Tanz-Unterrichtsstunden sowie ein Hotelzimmer."

„Ein Zimmer?", rief sie scheinbar empört, „eines?"

„Warum? Schnarchst du?"

„Was? Ich werd's dir zeigen!", rief sie und versuchte ihm lachend mit der Handtasche zu schlagen. Felix spielte mit, flüchtete zu dem in der Nähe stehenden Auto Peggys. Dort stand eine Politesse und überprüfte den Parkschein hinter der Frontscheibe. Sie erstarrte, als sie Peggy herbeilaufen sah. Peggy erkannte sie und sagte:

„Keine Angst! Heute trete ich höchstens diesen

frechen Kerl.“

Die Politesse blickte irritiert von ihr auf Felix, während die beiden ins Auto stiegen. Als das Auto losfuhr, war ihr etwas eingefallen und sie rief winkend hinterher:

„Hallo, Felix!“

„Jetzt winkt sie uns auch noch nach, diese Politesse“, sagte Peggy, die in den Rückspiegel geschaut hatte.

„Kennst du sie denn, Peggy?“

„Noch jemand, der mich verfolgt. Aber sie schien dich zu kennen. Hast du auch mal dein Auto getreten?“

„Auto getreten? Versteh ich nicht. Ich habe dir doch erzählt, dass ich meinen Wagen verkauft habe. Am Steuer von einem Schwindelanfall überrascht zu werden, das will ich mir und niemandem zumuten.“

Sie fuhren zu einem Café, wo es nach Meinung vieler die beste Kuchenauswahl gab. Dort warb Felix wieder für das Tangofestival in Paris. Das argentinische Tanzlehrerpaar sei einfach klasse. Ihr Showtanz sensationell. Und das Tangoorchester umwerfend. Peggy schmunzelte über den Eifer ihres Tangopartners, sie von der Reise zu überzeugen. Hatte sie sich doch längst insgeheim für das Tangoabenteuer entschieden. Aber es machte ihr Spaß, Felix noch ein Weilchen zappeln zu lassen. Nie zu schnell nachgeben, war die Devise.

„Felix. Ich sage dir Bescheid – morgen. Ich muss noch einmal darüber nachdenken. Unseren Kaffee haben wir getrunken, unseren Kuchen gegessen. Du willst also jetzt wirklich Karussell fahren?“

„Ich sagte dir doch: Das ist so eine Art Therapie.“

„Ein Glück für dich, dass ich als Schutzengel dabei sein werde.“

„Ja, was für ein Glück. Wird mir schwindlig, stürze ich mich in deine Arme.

„Hättest du wohl gerne. Nein, aber wird dir schwindlig, verklagen wir den Karussellbetreiber auf Schmerzensgeld.“

„Peggy, du bist ein Scheusal!“

„Nicht wahr!“, sagte sie schmunzelnd. Dann legte sie ihre Stirn in Falten, überlegte kurz und fragte:

„Wie ist das nun mit dieser Frau?

„Welche Frau?

„Na, diese Politesse.“

„Keine Ahnung. Vielleicht habe ich mal Tango mit ihr getanzt.“

„Du tanzt mit ihr Tango?

„Tanzte, tanzte! Irgendwann einmal.“

„Aber, Felix, daran erinnert man sich doch!“

„Peggy, ich habe mit tausend Frauen Tango getanzt. Wie soll ich mich da an jede einzelne erinnern?“

„Ich glaube dir kein Wort“, sagte sie und stand auf.

Sie fuhren zum Rummelplatz und parkten den Wagen in der Nähe. Felix schritt zielstrebig zum Kettenkarussell und zahlte für zwei. Sie setzten sich auf nebeneinander hängende Sitze und fuhren ihre Runden. Als das Karussell zum Stehen kam, beugte sich Felix hinüber und gab Peggy einen Kuss.

„Danke für deine fürsorgliche Begleitung."

„Felix, mir wird schwindlig. Was für ein Karussellkuss!"

Sie hopsten von ihren Sitzen. Beim Hinuntersteigen der drei Stufen schauspielerte Felix und klammerte sich an Peggy.

„Mir wird schwindlig. Halt mich, halt mich!"

Peggy, erst erschrocken, hielt ihn. Er klammerte sich an sie, doch merkt sie den Schwindel und boxte ihn lachend weg. Die beiden gingen über den Rummelplatz und kamen zu einer Schießbude.

„Jetzt zeige ich dir, was ein Meisterschütze ist", prahlte Felix. „Eine Rose oder einen Bären?

„Ein Tanzbär reicht mir!"

„Hallo, gnädige Frau", sagte er zu der Schießbudenbesitzerin, „drei Schuss, bitte."

„Jetzt pass mal auf, Peggy!", gab er an, begann beim Zielen aber etwas zu taumeln und schwenkte dabei das Gewehr hin und her.

Die Budenbesitzerin brachte sich in Deckung und rief:

„Passen Sie doch auf!“

Peggy war unsicher, ob er nur Komödie spielte oder nicht, nahm ihm aber vorsichtshalber das Gewehr aus der Hand.

„Ich glaube, heute ist nicht dein Tag. Lass mich mal!“ Sie schoss. Beim ersten Schuss fiel eine Rose.

„Bravo“, rief Felix, bravissimo!“

„Bravissima“, korrigierte Peggy während sie das Gewehr zurück reichte. „Wenn schon, denn schon, eine weiblich Endung bitte.“

„Sie haben noch zwei Schuss“, erinnerte die Schießbudenbesitzerin.

„Danke. Wir wollen nicht übertreiben. Eine Rose ist für den Herrn genug.“

Peggy überreichte Felix die Rose.

„Dafür spendierst du jetzt der Schützenkönigin einen Haufen Zuckerwatte. Hab ich seit 30 Jahren oder so nicht mehr gegessen. Übrigens, jetzt verstehe ich: So wie Karussellfahren ein homöopathisches Mittel gegen Schwindel ist, so auch der Tango. Sozusagen ein angenehmes Gegengift.“

„Gratuliere, Peggy. Du hast's kapiert.“

„Hast du etwa je an meiner Intelligenz gezweifelt, Felix?“

„Nie! Nicht einen Augenblick. Du bist einfach ein schlaues Kerlchen.“

„Kerlchen??“

14.

Wanda klopfte an die Tür zum Zimmer von Peggy, die an ihrem Schreibtisch arbeitete und trat ein. Peggy hob fragend den Kopf.

"Frau Freier, ich soll sie daran erinnern... heute Abend..."

„Ja, ich weiß, Tanzübungsabend mit Felix."

„Geburtstagsfeier bei Dr. Herbst."

„Verflixt! Über den Tango habe ich das total vergessen."

„Frau Freier, ich ahnte es. Wenn ein junger Mann..."

„Wanda, Wanda! Aber Sie haben recht. Onkel Thomas ist wirklich älter. Wäre etwas für Sie, Wanda.

„Ein Mann?!"

"Schon gut, schon gut. Es ist der 65. Geburtstag meines Onkels. Und dabei habe ich das Geschenk schon vor langem gekauft. Dass ich das vergessen habe!"

„Sagen Sie Ihrem Tangolehrer ab."

„Absagen?", meinte Peggy, überlegte kurz und sagte dann mit diebischer Freude:

„Ich schicke Sie hin."

„Zum Absagen?"

„Zum Tanzen!"

„Frau Freier, das kommt nicht in die Tüte!"

„Meine liebe Wanda. Erstens: Sie klagen immer darüber, dass sie zu dick sind. Also brauchen Sie

Bewegung. Und was ist da angenehmer als tanzen? Das ist viel spannender als joggen oder so. Und es macht Spaß.“

„Warum sollte mir ein Mann Spaß machen?

„Wanda, nicht der Mann, aber das Tanzen. Felix bringt Ihnen bei, wie man beim Tango führt – und dann tanzen sie mit Frauen. Dann können Sie mit tausend Frauen tanzen.

„Mit tausend?“

„Ja, ja. Beim Tango gibt es meistens einen Frauenüberschuss. Lernen Sie führen! Dann sind Sie Hahn im Korb.“

„Hahn im Korb? Sagten Sie Hahn?“

„Sie haben Recht. Das falsche Bild. Also dann sind Sie Glucke im Korb mit einem Haufen süßer Küken am Hals.“

„Das hört sich schon besser an. Und er?

„Und wer?

„Na, Ihr Hahn...entschuldigen Sie, Herr Hansen. Wenn ich plötzlich an Ihrer Stelle vor ihm stehe?“

„Wird er entzückt sein“, sagte Peggy lachend. „Keine Angst, Wanda. Er hat so eine pädagogische Ader, was den Tango Argentino betrifft. Ein wunderbarer Tanzlehrer.“

„Aber ich bin eine alte Frau.“

„Er steht auf ältere Frauen. Sehen Sie mich an!“

„Und wenn doch nicht?“

„Dann sagen Sie ihm: Rechtsanwältin Dr. Freier
behält sich rechtliche Schritte vor, wenn er Zicken
macht.“
„Aber...“
„Kein aber! Das ist eine Dienstverpflichtung. Dafür
bekommen Sie morgen Vormittag frei.“
„Sollten wir ihn nicht anrufen....
„...und ihn vorwarnen? Auf keinen Fall, Wanda!
Männer lieben Überraschungen.“
„Und das wird eine tolle Überraschung für Herrn
Hansen.
„Für Felix! Beim Tango duzen sich alle.“
„Der Herr Hansen, ich meine der Felix, wird zucken
vor Entzückung“, sagte Wanda.

15.

Man war mitten in der Geburtstagsfeier. Der Fest-
redner forderte gerade dazu auf, die Sektgläser zu
heben und auf das Geburtstagskind Thomas Herbst
anzustoßen.
"Das Geburtstagskind lebe hoch, hoch, hoch!"
Peggy gab ihrem Onkel einen Kuss.
„Nochmals alles Gute. Bleib gesund!“
„Danke, Peggy. Und du, du lass dich nicht unterkriegen. Genieße das Leben!“

„Das mach ich, Onkel Thomas. So lange ich lebe.“

„Peggy, du wirst älter als ich werden. Glaub's mir. Du machst übrigens einen guten Eindruck.“

„Aber das mach ich doch immer - einen guten Eindruck.“

„Ja, das machst Du. Selbst...“

„Selbst wenn ich HIV-positiv bin und Tango tanze. Warum fängst Du nicht auch damit an? Es tanzen sogar Gesunde.“

„Tatsächlich? Es gibt gesunde Menschen, gesunde?“

„Onkel Thomas, ich weiß ja. Mit einem Mediziner darf man nicht über Gesundheit reden.“

Zur gleichen Zeit zog sich Felix im Tanzsportzentrum seine Tanzschuhe an, ging in den Eingangsraum, schaute auf die Uhr, wechselte ein paar Worte mit anderen Tänzern und Tänzerinnen. Da trat Wanda ein und wünschte Felix einen guten Abend.

„Hallo, zum ersten Mal hier?“, begann er, stutzte dann und meinte:

„Wir kennen uns doch. Ja, ja, Frau...Frau Müller. Sie hier? Entschuldigen Sie, dass ich Sie nicht gleich erkannt habe. Aber in dieser Umgebung!“

„Tja, die Umgebung“, sagte sie. „Ich hätte Sie vermutlich auch nicht sofort wieder erkannt – zum Beispiel in der Sauna. Einen schönen Gruß von Frau Freier.“

„Ist ihr etwas passiert?“

„Sie hat überraschend einen dringenden, unaufschiebbaren Termin. Sie verstehen?“

„Ich verstehe nicht, aber....

„Und da hat sie mich geschickt.“

„Um mir das mitzuteilen, Frau Müller?“

„Um für Frau Freier einzuspringen. Als Vertretung sozusagen.“

Felix war perplex und druckste herum. Schließlich stotterte er:

„Ein fürsorglicher Zug Ihrer Chefin. Und Sie tanzen Tango?“

„Noch nicht, noch nicht. Sie sollen es mir beibringen, Herr Hansen. Die Führungsarbeit, die Männerschritte.“

„Die Männerschritte?“

„Ach wissen Sie, ich will mit Frauen tanzen. Männer sind so...also, ich ziehe Frauen vor.“

„Ob ich da der Richtige fürs Tanzenlernen bin, Frau Müller?“

„Keine Angst, ich beiße Sie nicht. Ich bin Vegetarierin.“

„Sehr beruhigend. Probieren wir's eben, Frau Müller.“

„Wanda. Ich bin die Wanda. Beim Tango duzen sich doch alle, nicht wahr, Felix?“

Der musste schlucken – und nickte dann ergeben.

Etwa zwei Stunden später verabschiedete sich Peggy von ihrem Onkel und fuhr nach Hause. Sie hatte kurz überlegt, ob sie noch beim Tanzsportzentrum vorbeischauen sollte, wollte aber nicht, wie sie schelmisch dachte, dort als störendes Element auftauchen.

Sie hätte Felix und Wanda knapp verpasst. Die erste Tanzstundeneinheit war beendet. Der Tanzlehrer hatte Wanda seine Komplimente gemacht und beiläufig erwähnt, dass er jetzt in der Gaststätte in der Nähe eine Stärkung einnehmen werde. Wanda hakte da gleich ein und erklärte, dass sie das auch brauche und ihn gern begleite. Er hatte nicht den Mumm, ihr das abzuschlagen. Sie gingen also zusammen dorthin. Felix sagte, er habe einen Mordsdurst und wolle noch eine Kleinigkeit essen. So ging es auch Wanda. Kaum saßen die zwei, trat die Tangotänzerin Frieda in das Lokal, sah Felix und kam an den Tisch.
„Hallo, Felix, darf ich mich zu euch setzen?“
„Klar, Frieda. Darf ich dir Wanda vorstellen? Sie ist heute in den Tango Argentino gestartet. Wo hast du deinen Tänzer gelassen, Frieda?“
„Der musste nach Hause zu seiner Familie. Ich habe euch vorher beim Tanzen gesehen. Hat Felix dich unter seine Fittiche genommen, Wanda?“
Die strahlte Frieda an. Die beiden verstanden sich offenbar auf Anhieb. Felix bemerkte es entzückt,

verdrückte kurz darauf schnell einen Hamburger, trank sein Bier und entschuldigte sein frühes Gehen damit, dass er morgen Frühdienst habe. Wanda dankte ihm überschwänglich und widmete sich dann ganz der kleinen Frieda.

16.

Als Peggy am nächsten Morgen aus dem Aufzug trat, hörte sie durch die Tür ihrer Kanzlei Tangomusik. Sie öffnete und sah, wie Wanda mit dem Vogelkäfig in den Armen Tangoschritte übte.
"Hallo, Wanda. Ich sehe: Der gestrige Abend war ganz offensichtlich ein Erfolg."
Wanda stellte den Käfig ab und die Musik aus.
„Guten Morgen, Frau Freier. Ja, ich habe Sie vertreten, so gut ich konnte."
„Schön....und er hat mich nicht vermisst?"
„Nein...ich meine, ja. Er war aber so galant, es sich nicht groß anmerken zu lassen. Er ist, dafür, dass er ein Mann ist, akzeptabel – dieser Felix."
„Felix?
„Aber Sie wissen doch, Frau Freier: Beim Tango duzen sich alle."
„Wie habe ich das nur vergessen können! Und Sie können jetzt Tango tanzen?"

„Na ja. Der Anfang vom Anfang sei gemacht. Meint er.“

„Meint Felix. Na, da bin ich gespannt, mit wem von uns beiden sich unser Felix nächstes Mal zum Tango treffen will.“

„Keine Angst, Frau Freier. Ich werde mich mit Frieda treffen.

„Frieda?“

„Eine erprobte Tanguera. Ein süßer Fratz. Sie wissen doch: Frauenüberschuss beim Tango.“

„Tja, der Frauenüberschuss beim Tango. Bin gespannt, wie das demnächst in Paris sein wird.“

„Das Tango-Festival! Ich beneide Sie darum.“

„Sprechen Sie mit Frieda!“

17.

In den kommenden Wochen musste sich Peggy einem unerwarteten Problem stellen. Immer wieder fand sie sich mit ihrer Sekretärin auf derselben Tanzfläche. Und beim Tango duzen sich doch alle. Was sollte sie tun? Wanda merkte bald, was ihre Chefin plagte und sagte ihr eines Tages bei einer Kaffeepause in der Kanzlei:

„Sie sind die Chefin, ich die Sekretärin, Tango hin oder her. Für mich sind sie natürlich weiter die ‚Sie‘.“

Peggy war etwas verlegen, was nicht oft vorkam. Sie zögerte einen Augenblick, umarmte dann ihre treue Seele und gab ihr Wangenküsschen.

„Wir Tangueras duzen uns natürlich! Ich bin die Peggy. Aber, Wanda, ich warne Sie, ich meine, ich warne dich: Versuch mir nicht auf der Nase rumzutanzen! Da könnte ich ganz eklig werden! Hier im Büro bin ich die Chefin und sage, wo es lang geht."

„Verstanden. Klar Frau...ich meine: klar Peggy."

Ein paar Wochen später trafen sich die zwei Frauen bei einer Milonga, zu der Peggy mit Felix und Wanda mit Frieda gekommen waren. Alle begrüßten sich mit Wangenküsschen. Felix genoss die Situation diebisch, nickte Frieda zu und stampfte mit ihr eine Milonga in den Tanzboden. Peggy schaute zu, rammte Felix in Gedanken einen Ellenbogen in die Rippen, nahm es aber dann sportlich und schaute Wanda herausfordernd an.

„Willst du mir nicht demonstrieren, wie du führen gelernt hast, Wanda?"

Wanda schluckte und meinte:

„Gerne Peggy, aber warten wir die nächste Tango-Tanda ab. Wenn man, wenn frau zum ersten Mal mit einem...mit einer tanzt, sollte es ein Tango sein.

Da lernt man sich besser tänzerisch kennen."

„Wanda, wo hast du denn das her?"

„Hab ich von Felix gelernt."

Da mussten beide lachen. Und dann tanzten sie zusammen die Tango-Tanda. Als Felix später Peggy nach einigen Pflichttangos mit anderen Tänzerinnen zu einer Vals-Tanda aufforderte, fragte er grinsend:

„Und wie hat dich unsere Wanda geführt?"

„Unsere Wanda führt schon passabel. Ich weiß gar nicht, für wen von euch beiden ich mich künftig entscheiden soll. Streng dich mal an, Felix!"

Der zog sie an sich und gab sich ganz der Vals-Musik hin. Und Peggy mit ihm.

Im Laufe der Milonga musste sich dann Felix einmal von Wanda führen lassen. Peggy schaute amüsiert zu, wie ihre Wanda sich ihren Felix an den Busen drückte.

18.

Ein paar Wochen später war es soweit. Felix und Peggy, Peggy und Felix, waren in Paris. Ihr Taxi vom Bahnhof hielt vor ihrem Zielhotel. Sie zogen ihre Koffer ins Foyer, checkten ein und Felix ließ sich den Zimmerschlüssel geben. Im Aufzug hing ein Plakat zum Tango-Festival mit Foto des Showtanzpaars in theatralischer Pose. Peggy und Felix versuchten ihre jeweilige Nervosität zu überspielen. Sie waren zum ersten Mal zusammen weg und betrachteten das Plakat.

„Und du wirst mich so führen, Felix?“

„Wenn du dich dazu verführen lässt, Peggy.“

Auf ihrem Stock angekommen standen sie dann vor dem Hotelzimmer, Felix schloss die Tür auf, die beiden traten ein.

„Schön, unser Krankenzimmer“, sagte Peggy.

„Krankenzimmer?“

„Gestatten: HIV-positiv.“

„Gestatten: Morbus Menière.“

„Felix, gibt es deinen Drehschwindel überhaupt? Oder ist das nur ein großer Schwindel, eine große Schwindelei?“

„Ah! Und du bist vielleicht gar nicht positiv?

„Du meinst, ich hätte das erfunden? Schön wär's. Nein, so verrückt bin ich nun doch nicht.“

„Aber ich bin verrückt nach dir“, grinste Felix und näherte sich ihr theatralisch. „Diese morbiden Kranken.“

Felix küsste sie, sie küsste ihn, sie küssten sich. Peggy schnappte nach Luft und flüsterte:

"Keine Grenzüberschreitung! Es reicht, wenn ich positiv bin.“

„Peggy, die Grenzen sind weit gesteckt. Ich habe

mich informiert. Ich darf praktisch alles: Dich auf den Mund küssen, dich auf den Busen küssen, dich auf den Po küssen..."

„Du darfst? Ich kann mich nicht erinnern, dir irgend etwas erlaubt zu haben...he..!?"

Felix umarmte sie wild, beide fielen aufs Bett, er auf sie, dann hielt er inne und drehte sich mit glasigen Augen zur Seite.

"Nein, nicht gerade jetzt", jammerte er.

„Was ist, Felix?"

„Du wolltest es ja nicht glauben", flüstere Felix, richtete sich benommen auf, schwankte ins Bad und zog die Tür hinter sich halb zu. Peggy starrte ihm entsetzt nach, ging unschlüssig zur Badezimmertür, wartete dort lauschend, klopfte schließlich.

„Felix!? Was ist? Kann ich dir helfen?"

Da ging die Tür auf und Felix kroch mit nur halb-hochgezogener Hose auf allen Vieren heraus, Er krabbelte aufs Bett und legte sich darauf, alle Viere von sich streckend.

„Felix, du machst mir Angst", sagte sie und setzte auf das Bett.

„Tut mir leid, Peggy. Ich bin jetzt für eine Stunde oder so außer Gefecht gesetzt", klagte er. „Gerade jetzt!"

„Armer Felix. Hast du Schmerzen?

„Nein, nein. Wenn ich mich aufrichte, wird mir halt übel und ich muss mich übergeben. Dagegen ja das

Zäpfchen. Aber im Liegen geht es, auch wenn sich alles um mich dreht.“

„Sicher?

„Also, Peggy, bin ich nun der morbide Kranke oder was?”

Peggy legt sich neben ihn und küsste ihn zart. Er wollte sich etwas aufrichten, doch legte sich wegen des anschwellenden Brechreizes sofort wieder hin.

"Wir sind schon ein krankes Pärchen, Felix. Im Grunde kann ich mich ja nicht beklagen. Ein junger Mann – mir hilflos ausgeliefert. Rühr dich nicht! Keine Überanstrengung, lieber Felix! Bleib schön liegen! Lass nur eine erfahrene Frau machen.“

Sie begann, ihm das Hemd aufzuknöpfen.

19.

Am nächsten Vormittag besuchten sie den Louvre, denn Felix, der zum ersten Mal in Paris war, wollte unbedingt die Mona Lisa im Original sehen. Der Tanzkurs begann erst am späten Nachmittag. Sie setzten sich in die Metro und fuhren hin. Dann standen sie lange vor dem Bild. Felix konnte sich nicht sattsehen. Später, sie hatten sich in der Nähe auf eine Bank gesetzt, betrachtete Peggy ihren Felix mit neuen Augen.

"Weißt du, wenn du über deinen Morbus Menière sprichst, umspielt deinen Mund ein Lächeln wie das der Mona Lisa."
Felix schaute sie überrascht an und fragte:
"Lächelt denn Mona Lisa?"
"Ja, lächelt sie denn?", echote Peggy. "Komm, Felix! Wir betrachten das Frauenzimmer nochmals genauer."

Am späten Abend ging der letzte Tango der Showeinlage des argentinischen Tanzlehrerpaars zu Ende. Der Applaus der zuschauenden Tangotänzerinnen und Tangotänzer wollte nicht enden. Peggy und Felix, die auf dem Boden saßen, um ganz nahe der Tanzshow sein zu können, klatschen begeistert mit.
Die Musik lud dann wieder zum Tanz für alle ein. Nach ein paar Tandas traten Peggy und Felix aus dem Ballsaal und fächelten sich verschwitzt und müde frische Luft zu. Plötzlich sank Peggy in die Hocke; Felix ließ sich zu ihr nieder.
„Peggy?"
„Felix, mir ist unheimlich. Mir geht es so gut hier. Mit dir, mit dem Tanzen. Aber ich bin HIV-positiv."
„Peggy, ich bin bei dir."
„Und ich bin zehn Jahre älter als du. In zehn Jahren, falls ich da noch leben sollte, suchst du dir eine junge Tangotänzerin."

„Peggy, ich bin bei dir.“

„Felix, du wiederholst dich. Wiederhol dich weiter!“

Aus dem Saal drangen Milonga-Klänge. Felix richtete sich auf und zog Peggy mit hoch.

“Komm! Das Stück kennen wir. Unser Klassiker ‚Milonga sentimental‘. Statt eines melancholischen Tangos stampfen wir jetzt diese Milonga in den Boden.”

“Und dazu lächeln wir”, gab Peggy zurück. “Wir lächeln einfach. Aber nicht mehr als drei Milongas! Dann gehen wir auf unser Hotelzimmer. Oder bekommst du dort wieder einen Schwindelanfall?“

20.

Wanda fütterte den Kanarienvogel und pfiff ihm gleichzeitig etwas vor. Peggy trat ein und wünschte einen guten Morgen.

„Auch dir, Peggy, einen guten Morgen, Heil aus Paris zurück?“

„Ja, heil, aber müde. Wie geht es dir und deinem Spatz?

„Spatz oder Fratz?“, fragte Wanda lächelnd

„Gut. In der Mittagspause erzähle ich dir vom Festival und du mir von Frieda. Und jetzt mach mir bitte einen doppelten Espresso. Ich nehme an, dass mein Schreibtisch voller Post ist.“

Peggy saß hinter ihrem Schreibtisch und wühlte sich durch die vielen Briefe. Es klopfte und Wanda streckt ihren Kopf zum Türspalt herein.

„Wanda, was ist denn?"

„Ein Klient."

„Unangemeldet?

„Unangemeldet."

Wanda schaute hinter sich, machte eine Geste hineinzugehen. Und da kam Felix.

„Sie wünschen, Herr Hansen?

„Kaffee für beide?", fragte Wanda.

„Ja, ja."

Peggy erhob sich und tat erst so, als wolle sie Felix formell die Hand geben, doch dann hauchte sie ihm einen Kuss auf die Wange.

„Hallo Peggy, ich brauche deinen Rat."

„Wie, der große Tanguero bittet um den Rat einer Frau? Seit wann denn das?"

„Spotte nur. Aber es ist ernst. Mein Chef will mich feuern. Ich suche Rechtsbeistand. Sag mir einfach den Namen eines guten Arbeitsrechtlers in der Stadt?"

„Den besten?"

„Den besten?"

„Felix, du stehst gerade vor ihm...vor ihr."

„Dachte ich es mir doch."

Es klopfte. Wanda brachte zwei Tassen Espresso und

stellte sie auf den Schreibtisch.

„Danke, Wanda", sagte Peggy. Wanda hatte die beiden neugierig angeschaut und schloss dann die Tür hinter sich.

Peggy setzte sich hinter den Schreibtisch und drehte eine vor ihr stehende Sanduhr um. Der Sand begann zu rieseln. Felix blickte sie fragend an.

„Als Rechtsberaterin ist mir jede Minute kostbar – und dir teuer. Schießen Sie los, Herr Hansen!"

Eine Stunde später fuhren die beiden im Fahrstuhl nach oben. Peggy zog sich vor der Spiegelwand die Lippen nach. Felix schaute ihr nervös zu.

„Nur ruhig, Felix! Beim folgenden Tanz bin ich die Expertin."

Die beiden betraten das Großraumbüro der Nachrichtenagentur und gingen zum Chefzimmer. Der Chef kanzelte gerade eine Praktikantin ab, die vor seinem Schreibtisch stand.

„Frau Meier, ein Artikel mit einer Quelle?! Wo gibt's denn so etwas? Sie wissen doch: Drei Quellen sind bei uns das Minimum. Zurück an Ihren Bildschirm, und wagen Sie es nicht noch einmal, mir so etwas vorzusetzen!"

Mit rotem Kopf verschwand die junge Frau. Felix klopfte an die offene Tür und schaute seinen Chef an.

„Hansen, was wollen Sie denn noch? Die Sache ist

gelaufen. Arbeiten Sie die letzten Monate vernünftig mit Volldampf, sonst kriegen sie noch ein beschissenes Abgangszeugnis. Der Worte sind genug gewechselt.“

„Mit mir vielleicht schon, Chef, aber nicht mit meinem Rechtsbeistand. Darf ich vorstellen: Rechtsanwältin Frau Dr. Freier, Expertin in Arbeitsrecht.“

Peggy nickte Felix zu, draußen zu bleiben, trat ein und schloss die Tür hinter sich.

Der Chefredakteur schaute sie überrascht an und wollte sich aus dem Sessel erheben.

„Bleiben Sie ruhig sitzen, Herr Sonnemann!“

Sie stellte sich vor den Schreibtisch, setzte ihre Aktentasche darauf, zog ein Schriftstück hervor.

„Die Kündigung von Herrn Felix Hansen ist einfach lächerlich“, sagte sie. „Und dann noch einem langjährigen bewährten Mitarbeiter mit Behindertenausweis!“

Sonnemann wollte sich erneut erheben.

„Bleiben Sie ruhig sitzen“, sagte Peggy und zog sich einen Stuhl heran.

Felix stand vor der Tür und trat von einem Bein auf das andere. Abwechselnd legte er den Kopf mit einem Ohr an die Tür und warf Blicke durchs Schlüsselloch. Immer wieder grinste er über beide Ohren, begleitete mimisch das Gespräch drinnen, begleitete es mit Gesten, ballte die Fäuste und zeigte am Ende den Stinkefinger. Nach und nach schauten ihm Kolleginnen und Kollegen zu und verfolgten die Show von Felix. Er richtete sich am Ende zufrieden auf, sah seine Kolleginnen und Kollegen und zeigte triumphierend das V-Zeichen. Die Tür öffnete sich, Peggy trat heraus, zwinkerte ihm zu und flüsterte:

„Ich warte im Backshop."

Dann sagte sie laut: „Herr Hansen, Ihr Chef will Sie sprechen!" und ging, der Belegschaft freundlich zunickend.

Felix wartete kurz, dann trat er ein. Sein Chef saß wie ein Häuflein Elend hinter seinem Schreibtisch, Als Felix an den Schreibtisch trat, deutete sein Chef ein begrüßendes Aufstehen an und deutete dann auf den Stuhl, auf dem gerade die Rechtsanwältin gesessen hatte.

„Herr Hansen, setzen Sie sich! Wir müssen mit einander reden."

Eine Viertelstunde später trat Felix in den Backshop. Peggy stand vergnügt an einem der Stehtische, trank einen Cappuccino und aß eine Schneckennudel. Felix grüßte Marina und trat zu Peggy.

"Peggy, gratuliere! Du hast meinen Chef zur Schnecke gemacht. Er war schleimig freundlich. Und von Kündigung will er natürlich nichts mehr wissen.

Ein Missverständnis. Wir kann ich dir nur danken?"
Er gab ihr Wangenküsschen.

„Danke, die Honorarrechnung folgt noch. Ich hoffe, dass du eine Rechtsschutzversicherung hast."

„Nein, hab ich nicht."

„Nein? Wie leichtsinnig. Du tanzt mit einer Rechtsanwältin und hast keinen Rechtsschutz? Stell dir vor, du trittst mir auf einen meiner schönen Füße, mein großer Zeh wird verunstaltet, von den Schmerzen mal ganz abgesehen, mein großer Zeh wird also verunstaltet – du würdest deines Lebens nicht mehr froh."

„Gott sei dank sind wir nicht in den USA."

„In Amerika würde ich durch einen verunstalteten großen Zeh Millionärin."

„Ich bin dir noch nie auf die Zehen getreten."

„Da hast du auch wieder recht. Was deinen Chef betrifft: Falls er mal auf dumme Gedanken kommt, winke einfach mit deinem Behindertenausweis. Aber jetzt, lieber Felix, muss ich ins Büro zurück. Wir sehen uns dann heute Abend im Tanzsportzentrum."

„Heute Abend? Wir sind gerade erst aus Paris zurück."

„Du kannst gar nicht früh genug damit anfangen, mein Anwaltshonorar abzuarbeiten, mein Lieber."

Sie gab ihm ein Wangenküsschen und sagte im Gehen zu Marina:

„Ciao, Marina. Die Rechnung begleicht Herr Hansen
hier.

„Ciao, Dottoressa.“

„Marina, bitte einen doppelten Espresso – und einen
Grappa. Was gucken Sie so, Marina?“

„Sie hat Sie geküsst?

„Einfaches Wangenküsschen.“

„Das habe ich gesehen.“

„Machen wir so in Tangokreisen.

„Ah, Dottore, Sie sind mir untreu geworden. Sie tanzen Tango mit ihr. Mit ihr!“

„Marina, Sie wollen ja nicht. Im Übrigen tanze ich
mit Dutzenden von Frauen. Jede lässt sich anders
führen, jede reagiert anders. Das ist ja das Spannende
daran. Probieren Sie es doch einfach auch einmal!“

„Mit Dutzenden von Männern.“

„Zuerst mal mit mir.“

Marina lachte auf.

„Sie bekommen Ihren Espresso und Ihren Grappa.“

21.

An einem der folgenden Tage traten Felix und Peggy aus einem Schnellimbiss nahe dem Bürogebäude,
in dem sie arbeiteten. Eine Politesse kontrollierte die
Parkscheine der in der Nähe parkenden Autos. Sie

sah die beiden und winkte. Felix und Peggy schauten sich gegenseitig fragend an, und Peggy murmelte: "Nicht schon wieder diese Frau!"

Die war herangetreten und, ohne Peggy zu beachten, kam sie zu Felix und gab ihm ein Wangenküsschen.

„Hallo, Felix! Erinnerst du dich etwa nicht mehr an mich? Damals die große Silvestermilonga. Wir haben ausgiebig miteinander getanzt. Marion, ich bin die Marion.

„Marion? Marion! Ja, natürlich. Vielleicht sieht man sich ja mal wieder bei einer Milonga. Entschuldige, aber ich muss ins Büro zurück. Tschüss."

Felix eilte Peggy nach, die weitergegangen war. Er erreichte sie im Hochhaus vor dem sich gerade öffnenden Aufzug, in den beide eintraten..

"Guck mich nicht so an, Peggy! Ich habe…

„…mit Tausenden getanzt. Ich weiß."

„Ich hab sie wirklich nicht wieder erkannt."

„In ihrer schicken Uniform", ergänzte Peggy.

„Das ist nicht fair!", protestierte Felix.

Peggy drückte auf den Stopp-Knopf, und der Fahrstuhl hielt zwischen zwei Stockwerken. Sie griff Felix an seiner Jacke und zog ihn an sich heran.

„Wie kommst du darauf, dass ich mit dir fair sein soll? Jetzt hör mal her, mein lieber Tanguero! Die Geschichte von den tausend Tangotänzerinnen – ich will sie nicht mehr hören. Die Mädchen, die

Märchen sind zu Ende. Ich bin die Tausendundeinste
kapiert!?"

Sie küsste ihn und zischte:

„Ich könnte dich auffressen."

Peggy setzte den Fahrstuhl wieder in Bewegung. Sie
stieg im dritten Stock aus und Felix ging zerstreut mit
zur Tür der Anwaltskanzlei. Als Peggy die Tür öffnete, blieben beide erstaunt stehen.

Wanda stand auf ihrem Schreibtisch mit dem Vogelkäfig in den Händen. Über ihr saß auf der Decken-
lampe der Kanarienvogel.

„Tür zu! Tür zu!", rief sie. „Helft mir, bitte! Er ist mir
entwischt beim Füttern! Spatz, Spatz!"

„Spatz? Ich seh' nur einen Kanarienvogel."

„Felix, so bescheuert heißt der Vogel. Ermanne dich
mal!"

„Wanda, lass mich ran!", rief Felix. „Ich bin größer
als du."

Doch kaum stand er oben, flog der Vogel auf die
Gardinenstange.

„Wanda, ruf den Hausmeister!", rief Peggy.

Diese folgte der Aufforderung ihrer Chefin, telefonierte mit dem Hausmeister und bat um dessen so-
fortige Hilfe, da ‚unser Vogel' aus seinem Käfig geflüchtet sei.

„Unser Vogel", wiederholte Peggy sarkastisch, „unser

Vogel. Soweit kommt's noch."

Es klingelte an der Tür.

„Kann der Hausmeister fliegen?", fragte Peggy und öffnete die Tür, in deren Nähe sie stand.

Ein Postbote stand an der Tür mit einem Express-Einschreiben.

„Tür zu! Tür zu!", rief Wanda verzweifelt. Peggy zog den Postboten herein, schloss die Tür, quittierte das Schreiben und beschied dem Mann, indem sie ihm ein dickes Trinkgeld reichte:

„Wenn Sie schon da sind, können Sie vielleicht helfen, diesen Vogel da einzufangen."

Der Postbote nickte und sagte zu Felix, der auf Wandas Sessel stand und vergeblich versuchte, den Vogel zu erwischen:

„Lassen Sie mich mal ran! Ich bin größer als Sie."

Doch auch sein Versuch missglückte. Der Vogel war auf einen Aktenschrank weiter geflogen. Es klingelte erneut an der Tür. Peggy öffnete und sah vor sich zwei Möbelpacker mit einem riesigen Regal.

„Tür zu! Tür zu!", rief Wanda verzweifelt.

„Sie hören es. Herein mit Ihnen und legen Sie bitte Hand an!", sagte Peggy und deutete auf den Vogel. Nachdem die zwei Möbelpacker die Lage betrachtet hatten, sagten der eine zum Postboten:

„Lassen Sie uns mal ran! Wir wissen zuzupacken."

Doch alles fruchtete nichts. Der Vogel entfloh erneut.

Da klingelte es wieder an der Tür. Peggy verdrehte die Augen und öffnete. Vor ihr stand eine älterer Mann.

„Ah, endlich der Hausmeister.“

„Nein, nein. Meier ist mein Name. Ich habe hier einen Termin.“

„Tür zu! Tür zu!“

„Kommen Sie herein, Herr Meier“, forderte ihn Peggy auf und schloss hinter ihm die Tür. „Entschuldigen Sie das Durcheinander hier. Aber vielleicht kennen Sie sich ja mit Vögeln aus. Der da ist aus seinem Käfig entwischt.“

Meier näherte sich dem Vogel, der auf einer Konsole saß, spitzte die Lippen und flötete ein paar Zwitscherlaute. Aber der Kanarienvogel ließ ich nicht herunterlocken. Erneut ging die Türglocke.

„Ich werd noch verrückt!“, murmelte Peggy und öffnete die Tür. Da stand der Hausmeister mit einem Schmetterlingsnetz.

„Tür zu! Tür zu!“

„Sie haben mich gerufen wegen eines entflohenen Vogels?“

Peggy zog ihn herein.

„Lassen Sie mich mal mit meinem Netz ran“, sagte er, nachdem er die Lage in Augenschein genommen hatte. Doch der Kanarienvogel wollte einfach nicht. Jetzt versuchten alle bis auf Peggy den Vogel in eine Ecke zu treiben. Peggy hatte sich in den in eine Ecke geschobenen Sessel gesetzt, den Käfig auf den Schoß genommen, stützte sich darauf und konnte sich zuletzt wegen der verrückten Szenerie das Lachen nicht verkneifen. Alle anderen drängelten sich, behinderten sich gegenseitig, riefen durcheinander. Der Klient spitzt immer wieder die Lippen und flötet. Alle schrien durcheinander:

„Aus dem Weg!“

„Spatz, Spatz!“

„Wo sind hier Spatzen?“

„Au! Mein Fuß!

„Wie wär es mit Leimruten?“

„Ein Luftgewehr!“

„Passen Sie doch auf!“

Da schrie plötzlich Peggy:

„Aufhören, aufhören!“

Alle blickten zu ihr. Der Vogel war zu seinem Käfig geflüchtet und saß in der offenen Käfigtür. Alle erstarrten und blickten gebannt auf den Vogel. Der bequemte sich endlich dazu, in den Käfig zu hüpfen. Peggy schloss schnell das Türchen.

22.

In der Yogaschule standen alle auf einem Bein. Stille. Schließlich sagte Yogalehrerin Monika:

„Danke, das war's für heute. Noch einen schönen Abend. Bis zur nächsten Woche."
Peggy blieb noch sitzen, die Lehrerin setzte sich zu ihr.
„Danke, Monika, das war wieder einmal sehr schön bei dir."
„Und dir geht es ja auch wieder prima. Hab ich den Eindruck. Es geht mich ja eigentlich nichts an…aber damals bei deiner Trennung und Scheidung hattest du schon mal so einen Einbruch."
„Ja, aber dann sind die schrecklichen Nachwehen gekommen. Aber jetzt…"
„Jetzt ein neuer aufbauender Mann?", fragte die Yogalehrerin.
„Ein Mann, der aufbaut?", gab Peggy schnippisch zurück. Fügte dann aber hinzu: „Wer weiß?"

Felix war zur Nachtschicht allein im Großraumbüro. Da sein Dienst sehr ruhig anfing, griff er zum Handy, um sich bei Peggy nach ihrem Yoga-Abend zu erkundigen. Gelegentlich wollte er der Yogaschülerin das Wort eines Augustinermönchs aus dem Mittelalter erzählen. Der hatte, wie Felix sich zu erinnern glaubte, in seinem christlichen Erbauungsbuch geschrieben:
,Warum suchst du die Ruhe, wenn du zur Unruhe geboren bist?'

Er rief also Peggy an.

„Hallo, Felix, nichts zu tun heute Abend?"

„Im Augenblick ist's ruhig. Aber noch steht die Nacht bevor. Hab ich dich aus dem Schlaf geschreckt?"

„Nein, aber ich bin auf dem Weg ins Schlafzimmer."

„Und wie war dein Yoga?"

„Mein Yoga? Oh, ich werde immer mehr zur Lotosblüte. Und jetzt lege ich mich ins Bett – ganz allein."

„Und ich sitze am Schreibtisch – ganz allein. Ich denke an dich. Peggy. Ich glaube, ich glaube….ich liebe dich."

„Mich? Mich?"

„Scheusal, du!", stöhnte Felix.

Am nächsten Tag trafen sich die beiden im Backshop. Als Marina fragte, wer der nächste sei, sagten Peggy und Felix gleichzeitig:

"Wir."

„Wer nun von Ihnen?", fragte Marina verwirrt.

„Zwei Croissants", antworte Peggy.

„Und zwei Butterbrezeln", fügte Felix hinzu. „Keinen Cappuccino heute. Ich bin zum Kaffee eingeladen."

Peggy ergänzte, dass sie heute bezahle, und legte das Geld auf den Tresen.

„Ciao, Marina", riefen Peggy und Felix im Gehen.

„Einen Augenblick, Dottore! Ich habe meinen Verlobten überredet. Va bene mit Tango!"

„Ja? Da sprechen wir morgen darüber, Marina. Ciao.“
Draußen hielt Peggy ihren Felix am Arm fest.
„Was soll das heißen mit Marina?“
„Ich hab sie vor langer Zeit mal gefragt, ob sie nicht
Tango Argentino tanzen lernen wolle.“
„Felix, ich bin sprachlos.“
„Das wäre vermutlich das erste Mal in deinem Le-
ben. Peggy, ich hatte Marina das erste Mal gefragt,
lange bevor ich dich kennen gelernt habe.“
„Das kann jeder sagen.“
„Sag mal, Peggy, bist du auf die Kleine etwa
eifersüchtig?“
„Eifersüchtig??? Ich??? Wie kommst du denn
darauf?“
„Du bist eifersüchtig. Wie süß!“
„Nenn mich nicht süß! Das ist ja pervers!“, rief Peggy
entrüstet. Sie machte eine Pause, sah Felix bedeutsam
an und sagte:
„Mein alter Freund Thomas“
„Wer ist Thomas?“
„Mein Freund Thomas.“
„Peggy, wer zum Teufel ist Thomas?“
„Thomas ist ein ungeheuer charmanter Mann mit
graumelierten Schläfen und....Felix, bist du auf den
alten Herrn etwa eifersüchtig?“
„Eifersüchtig??? Ich??? Wie kommst du denn da dar-
auf? Thomas oder Fantomas, mir doch egal.“

Felix atmete tief durch und fragte dann:

„Ist er Tangotänzer?“

Die beiden gingen diskutierend und gestikulierend über die viel befahrene Straße zum Bürohaus. Wäre es ein Film, ginge jetzt der Verkehrslärm über in Tangomusik.

Ende

Diese Geschichte hat als Vorlage ein Drehbuch, das der Autor 2015 in seinem Buch „Tödliches Tangotreiben. Die wahre Geschichte der ‚Freiburger Vampirmorde'" veröffentlicht hatte.

*

Das Borges-Zitat stammt aus dem Essay "Tango", Gesammelte Werke, Band 5/II, Carl Hanser Verlag.

Das Gardel-Zitat stammt aus dem Buch von Pedro Orgambide "Ein Tango für Gardel", Wagenbachs Taschenbuch 640.

Das Zitat auf dem Klappentext ist dem Buch "Herzstiche. Die Briefe des Cyrano de Bergerac", Deutscher Taschenbuch Verlag, entnommen.